A casa de peregrinações

Yoo Eun-sil

A casa de peregrinações

Tradução
Camila Juzumas

Rio de Janeiro, 2025

Copyright © 2021 by Yoo Eun-sil. Todos direitos reservados.
Copyright de tradução © 2025 by Camila Juzumas por Casa dos Livros Editora LTDA. Todos os direitos reservados.

Título original: 순례 주택

Primeira publicação em coreano por BIR Publishing Co., Ltd.

A edição em português foi feita de acordo com BIR Publishing Co., Ltd. por meio de The Blair Partnership LLP e Eric Yang Agency.

Todos os direitos desta publicação são reservados à Casa dos Livros Editora LTDA. Nenhuma parte desta obra pode ser apropriada e estocada em sistema de banco de dados ou processo similar, em qualquer forma ou meio, seja eletrônico, de fotocópia, gravação etc., sem a permissão dos detentores do copyright.

COPIDESQUE	Michelle Kwan
REVISÃO	Beatriz Ramalho e Daniela Georgeto
DESIGN E ILUSTRAÇÃO DE CAPA	Kenji Lambert
DIAGRAMAÇÃO	Abreu's System

Dados Internacionais de Catalogação na Publicação (CIP)
(Câmara Brasileira do Livro, SP, Brasil)

Eun-sil, Yoo
　A casa de peregrinações / Yoo Eun-sil; tradução Camila Camargo. – 1. ed. – Rio de Janeiro: Pitaya, 2025.

　Título original: 순례 주택.
　ISBN 978-65-83175-45-8

　1. Ficção sul-coreana I. Título.

25-256740　　　　　　　　　　　　　　　　　　　CDD-895.73

Índice para catálogo sistemático:
1. Ficção : Literatura sul-coreana   895.73
Bibliotecária responsável: Eliete Marques da Silva – CRB-8/9380

Editora Pitaya é uma marca licenciada à Casa dos Livros Editora LTDA.
Todos os direitos reservados à Casa dos Livros Editora LTDA.

Rua da Quitanda, 86, sala 601A – Centro
Rio de Janeiro/RJ – CEP 20091-005
Tel.: (21) 3175-1030
www.harpercollins.com.br

Parte 1

A Casa Sunrye fica na rua Geobuk 12, nº 19, Geobuk-dong, a cinco minutos a pé da saída três da estação Geobuk. Com quatro andares e sustentada por pilotis, está localizada em um terreno de 240 metros quadrados.

Os apartamentos 201, 301 e 401 têm 46 metros quadrados. Os apartamentos 202, 302 e 402 têm 83 metros quadrados. No térreo, há um estabelecimento comercial de 40 metros quadrados, e o restante do espaço é destinado a um estacionamento. Também existe uma cobertura com grandes janelas, que dão para o impressionante jardim do terraço. A cobertura não tem inquilinos, é uma área comum para os moradores.

O dono da lanchonete Geobuk vive reclamando:

— Olha, alugar um apartamento na Casa Sunrye é mais difícil que em qualquer outro lugar da Coreia.

Ele já chegou até a oferecer porções extra de macarrão para a proprietária, e mesmo assim nunca conseguiu se mudar para a Casa Sunrye. Isso porque os inquilinos raramente saem de lá. O aluguel é baixo e os moradores ainda podem compartilhar o Wi-Fi, a cobertura e o jardim do terraço.

A proprietária do edifício, a sra. Kim Sunrye, de 75 anos, mora no apartamento 402. Ela se casou aos 20 anos e se divorciou aos 35. Tem apenas um filho. Após o divórcio, teve alguns relacionamentos, mas nunca se casou de novo.

A sra. Sunrye foi uma *sesinsa* muito talentosa. Clientes formavam fila à espera de seus serviços de esfoliação corporal e massagem. Porém, ela não começou por vocação. Apenas mergulhou de cabeça naquele trabalho na tentativa de criar o filho sozinha e se sustentar.

Aos 45 anos, comprou a "antiga Casa Sunrye", um edifício de um andar construído no estilo ocidental. Ela a apelidou de "Casa de Esfoliação" por tê-la comprado com o dinheiro que ganhou trabalhando como *sesinsa*.

Com a construção da estação de metrô nas proximidades, o valor da Casa de Esfoliação dobrou. Depois, a prefeitura ocupou grande parte do vasto quintal para expandir a estrada. A sra. Sunrye recebeu uma indenização generosa, mas ainda se sentia desconfortável: ganhar dinheiro fácil não combinava com ela. Então, dez anos atrás, decidiu demolir a Casa de Esfoliação e construir a atual Casa Sunrye. Ao estabelecer o aluguel dos apartamentos, optou por não seguir os preços de mercado, cobrando apenas o suficiente para viver.

No térreo, já há dez anos, fica o salão de beleza Jo Eunyoung Hair. A proprietária é a sra. Jo Eunyoung, de 47 anos. Como dona do salão e moradora do apartamento 202, é a única "inquilina dupla", ou seja, a única que aluga dois espaços na Casa Sunrye.

— Crio meus filhos pequenos sozinha e, desde que abri o salão, não tenho a quem recorrer para mais um empréstimo. Sinto muito por ter que pedir isso, mas você poderia me alugar um apartamento sem o depósito caução?

Esse foi o pedido que a sra. Jo, então com 37 anos, fez há dez anos à sra. Sunrye, que aceitou a proposta sem pensar duas vezes. E a proprietária nem aumentou o aluguel para compensar a caução. Em dois anos, a sra. Jo conseguiu juntar o valor do depósito e, no ano seguinte, pagou o depósito de antemão e mudou-se para o apartamento 202 com os dois filhos. O apartamento tinha três quartos, um para cada membro da família.

— Graças à Casa Sunrye, nossa família conseguiu se reerguer — dizia a sra. Jo com frequência.

Em agradecimento, ela já ofereceu de graça seus serviços de coloração e permanente diversas vezes para a sra. Sunrye, que sempre recusa, dizendo:

— Como *sesinsa,* já desperdicei água e detergente demais. Quero ao menos viver sem tingir o cabelo.

A sra. Sunrye tem cabelo branco. Começou a ficar grisalha aos 40 anos e, aos 50 e poucos, os fios já estavam todos brancos, por isso, era quase sempre confundida com uma idosa, o que ela aproveitava. Mesmo antes dos 65 anos, nos dias em que se sentia exausta, ela se sentava nos assentos preferenciais no metrô.

No apartamento 302 moram a sra. Hong Gildong, de 66 anos, e o marido. Eles moram no anexo desde os tempos da antiga Casa Sunrye. A sra. Gildong é ex-colega de trabalho da sra. Sunrye, e seu verdadeiro nome é Lee Gunja (em *hanja* 君子*). Seus pais desejavam um "filho nobre como um rei" e deram-lhe esse nome na esperança de que ela fosse um bom exemplo para o irmão mais novo. Dois anos atrás, ao prestar a prova teórica para virar cuidadora de idosos, a sra. Gunja precisou preencher uma folha de respostas pela primeira vez. Apesar de ter praticado no curso preparatório, ainda se sentiu muito nervosa. O nome "Hong Gildong"** foi usado como exemplo e, por engano, ela acabou escrevendo "Hong Gildong" em vez do próprio nome na folha de respostas.

— Eu estudei tanto para aquela prova…

Ela ficou tão chateada que até chorou. Comprou folhas de respostas adicionais e uma caneta para praticar escrever seu nome de verdade, "Lee Gunja", e estava preparada para tentar de novo. Porém, para sua surpresa, recebeu a notícia de que fora aprovada. Eufórica, convidou todos os moradores da Casa Sunrye para comemorar com um jantar de *jokbal*, prato tradicional de carne de porco, na cobertura.

— Segundo o professor do curso, é comum as pessoas escreverem "Hong Gildong" no lugar do próprio nome.

---

* Antes de o hangul ser o idioma oficial da Coreia, falava-se o mandarim, e para escrever utilizava-se o hanja (漢字), caracteres chineses trazidos da literatura budista e chinesa. [N.E.]
** *Hong Gildong* (홍길동): é uma figura literária da Coreia muito usada como exemplo genérico, semelhante ao "Fulano de Tal" no Brasil. [N.T.]

Parece que eles localizam esses "Hong Gildong" e aprovam aqueles que ficam acima da nota de corte — explicou.

— Impressionante como ainda tem tanta gente se passando por Hong Gildong, hein, Hong Gildong? — disse a sra. Sunrye, rindo.

A sra. Gunja gostou da ideia de ser chamada assim.

— Tive até um pouco de inveja quando você trocou de nome, Sunrye. Gostei disso. Agora, sou Hong Gildong. Pode me chamar de sra. Gildong.

— Ah, então você trocou de nome, sra. Sunrye? Qual era o seu antigo nome? — perguntou a sra. Jo.

— Kim Sunrye — respondeu a sra. Sunrye.

— *Hã*? Você trocou para… Kim Sunrye?

— Isso.

— E o nome original era…?

— Kim Sunrye.

A sra. Sunrye de fato mudou de nome: de "Sunrye" (em *hanja* 順禮), que significa "gentil e educada", para "Sunrye" (em *hanja* 巡禮), que significa "peregrina". Ela fez isso porque deseja viver o resto da vida com o espírito de uma "viajante pelo planeta Terra".

No apartamento 401, a sra. Youngsun mora sozinha. Apenas a sra. Sunrye sabe a idade e a profissão dela, e nunca revela essas informações para os outros moradores. A sra. Youngsun gosta de ficar no terraço durante o amanhecer, tomando café e passeando pelo jardim. Se alguém aparece, ela cumprimenta com um leve aceno e logo desce. Os moradores da

Casa Sunrye fazem o possível para não interferir nesses momentos de tranquilidade da sra. Youngsun. É ela que sempre reabastece o reservatório de café na máquina da cobertura.

No apartamento 301 mora o sr. Heo Seongwoo, de 44 anos. Ele trabalha como professor temporário em uma universidade. Os moradores da Casa Sunrye o chamam de "Doutor". Antes, o Doutor morava na cobertura do prédio em frente, de onde conseguia ver o jardim do terraço da Casa Sunrye e as pessoas que o compartilhavam. Um dia, curioso, decidiu visitar o salão Jo Eunyoung Hair para um corte e, ao ouvir o valor do aluguel de um dos apartamentos de dois quartos, ficou surpreso. Era semelhante ao de onde ele morava. Naquele mesmo dia, entrou na lista de espera para se mudar. Três anos depois, conseguiu e já mora lá há cinco anos.

O Doutor também cuida da limpeza das escadas e do elevador da Casa Sunrye. Ele já fez muitos bicos de limpeza ao longo da vida, por isso é tão bom com esse tipo de tarefa. Cada apartamento paga a ele vinte mil won pelo serviço. Mas, se alguém deixar cair restos de alimentos ou sorvete nos corredores, deve limpar antes que o Doutor veja. Quem não limpa é multado em cinco mil won — é uma das regras de convivência da Casa Sunrye.

No apartamento 201 morava o sr. Park Seunggap, falecido aos 75 anos. Ele era meu avô materno e, por um bom tempo, também foi o companheiro da sra. Sunrye.

O vovô teve uma loja de eletrônicos em Geobukdong por muitos anos. A sra. Sunrye se interessou pela sua personalidade dedicada e tímida e, ao descobrir que ele era viúvo, decidiu se aproximar. Os dois ficaram juntos por vinte anos. Foram o casal mais duradouro que já conheci.

Dezessete anos atrás, o vovô fechou a loja e passou a trabalhar fazendo pequenos reparos. Consertava eletrodomésticos, móveis, telas de janela rasgadas, maçanetas quebradas… tudo o que passava por suas mãos voltava a funcionar. Ele também era bom em pintura e assentava azulejos com precisão. Desde entupimentos e vazamentos até reparos de silicone, quase todos os problemas domésticos eram solucionados por ele.

— Sunrye, será que seu relacionamento com o sr. Park não é de fachada? Tipo um namoro estratégico? Só pra ter alguém que cuide da Casa Sunrye de graça?

Quando a sra. Gildong dizia isso, a sra. Sunrye respondia com um riso brincalhão:

— Aham, é um namoro estratégico.

Depois, ao encontrar o vovô, ela o chamava, brincando:

— Oi, namorado estratégico, tudo bem?

Ao ouvir isso, o vovô ficava todo sério.

— Por que alguém como a senhora teria… um namoro estratégico com uma pessoa como eu? A senhora saiu perdendo, Sunrye.

O vovô não tinha um senso de humor muito apurado. Seu sonho era viver mais que a sra. Sunrye, com saúde, para poder cuidar dela quando envelhecesse e adoecesse. Mas, em janeiro, ele partiu sem realizar esse sonho. Faleceu de repente em uma obra, vítima de um infarto agudo do miocárdio.

— Não sei como chamá-lo. O marido de quem você se divorcia é um "ex-marido", o namorado de quem você se separa é um "ex-namorado"… mas como chamar um namorado que envelheceu e morreu ao seu lado? — perguntou a sra. Sunrye, pouco depois que o vovô partiu.

— Finado namorado? — sugeri.

— Ah, gostei! Que esperta!

— Senhora Sunrye, também não sei como chamá-la. Então eu sou a neta do seu finado namorado? Parece muito confuso.

— Ah, então vamos simplificar.

— Como?

— Você é a minha confidente. Que tal?

Concordei com a cabeça. A confidente da sra. Sunrye. Meu coração se encheu de alegria. Embora meu endereço oficial fosse outro, foi na Casa Sunrye que meu coração fez morada.

Meu nome é Oh Surim, sou aluna do nono ano da Escola Geobuk de Ensino Fundamental e morava na rua Parque Geobuk, nº 27, bloco 103, apartamento 1504 (Wonder Grandium, Geobukdong). "Wonder" vem do nome da construtora, Wonder Construções, já "Grandium" eu não faço ideia do que significa. A saída dois da estação Geobuk dá de cara para a entrada principal do Wonder Grandium. O complexo habitacional é composto por nove edifícios, do bloco 101 ao 109. O edifício mais baixo tem vinte e sete andares, enquanto o mais alto chega a trinta.

No apartamento 1504 do bloco 103, mora a minha família biológica: meus pais e minha irmã mais velha. Eu sou como uma jogadora reserva do segundo escalão, deslocada entre os titulares do primeiro escalão.

O Wonder Grandium fica em uma área de fácil acesso à natureza, ao transporte público e à educação, localizado próximo à montanha Geobuk, perto da estação Geobuk, ao lado do parque Geobuk e da Escola de Ensino Fundamental Gumoe.

— Por estarmos no meio de vilas, o valor dos imóveis sobe mais devagar. Seria perfeito se não estivéssemos misturados com eles.

A primeira vez que ouvi essa frase, dita pela minha mãe, foi quando estava no primeiro ano do ensino fundamental. As "vilas" às quais ela se referia eram os pequenos prédios residenciais de Geobukdong, onde ficava a Casa Sunrye. E nós nos "misturávamos" por conta da Escola Gumoe, a única escola de ensino fundamental I de Geobuk-1-dong, onde as crianças do Wonder Grandium e das vilas estudam juntas.

Qual a relação entre essa tal mistura e o valor dos imóveis?

Quando era criança, eu não conseguia entender. Ainda não consigo, na verdade.

Meu pai, o sr. Oh Mintaek, de 47 anos, é professor temporário em uma faculdade. Ele se casou com minha mãe, sua colega de pós-graduação, aos 30 anos. O Doutor, que mora no apartamento 301 da Casa Sunrye, desistiu de se casar por ser um "professor temporário sem casa própria nem boas condições financeiras". Meu pai, por outro lado, não desistiu. Ele foi morar com a esposa na casa do sogro e, para enfrentar as dificuldades financeiras, contou com a ajuda dos familiares (pais, sogro e as quatro irmãs mais velhas). No entanto, o vovô se sentiu tão desconfortável com o casal morando em sua casa que se mudou dois meses depois.

— Por favor, só até eu conseguir o cargo de professor efetivo — dizia meu pai aos parentes quando pedia dinheiro.

Mas, infelizmente, mesmo depois de quinze anos, ele ainda não conseguiu. Quando a casa do vovô, um apartamento no Conjunto Habitacional Geobuk, passou por uma reforma, meus pais receberam uma indenização e foram morar de aluguel por um tempo. E, assim que o novo complexo Wonder Grandium foi construído no lugar, voltaram para lá. O vovô dizia que estava "prestes a explodir de raiva" por causa do genro e da filha, que ocuparam sua casa sem permissão.

Às vezes, eu sinto pena do meu pai. Ele já tentou ser efetivado não uma ou duas vezes, mas quinze vezes. É triste vê-lo carregando sua bolsa pesada e saindo de madrugada para dar aulas em uma faculdade distante.

— Oh Surim, com essas notas você não pode nem sonhar em entrar em uma universidade de Seul. São patéticas.

Quando ele diz isso, porém, toda a minha compaixão desaparece.

— Você também é patético, pai. Mora há um tempão de favor em uma casa que nem é sua.

Mas, claro, esse é um pensamento que guardo para mim. Não gosto de discutir com quem não tenho intimidade.

Minha mãe, a sra. Park Yeongji, de 43 anos, é dona de casa em tempo integral. Durante a gravidez, ela teve enjoos intensos e prolongados. Após o nascimento da minha irmã mais velha, ela ficou esgotada. Minha irmã era um bebê que adoecia com facilidade, o que dificultava ainda mais as coisas. E, para piorar, eu cheguei. Quando minha irmã tinha apenas 3 meses, minha mãe começou a sentir enjoos severos outra vez. Meu pai sugeriu que a gravidez fosse interrompida, preocupado que minha mãe não sobrevivesse.

— Vou dar à luz, mesmo que signifique morrer. Não me importo que seja uma gravidez inesperada, ainda é meu bebê.

Minha mãe foi categórica. Nasci exatamente 355 dias depois da minha irmã. Se o aniversário dela fosse no início de janeiro e o meu no fim de dezembro, poderíamos ter sido da mesma turma na escola. Porém, ela nasceu em 13 de janeiro de 2003, enquanto eu nasci em 3 de janeiro de 2004, o que me poupou por pouco.

Nasci saudável, pesando três quilos e meio, mas a saúde mental e física da minha mãe ficou em frangalhos. Ela enfrentou depressão gestacional, depressão pós-parto, depressão materna e, mais uma vez, depressão gestacional e pós-parto... Minha irmã foi levada para a casa dos meus avós paternos, enquanto eu fui para a casa do meu avô materno. Na casa do vovô, não havia mais ninguém; minha avó falecera cedo e minha mãe era filha única.

A princípio, vovô ficou sem saber o que fazer. Ele não podia parar de trabalhar para me criar, então me pegou nos braços e me levou até a sra. Sunrye. Ela, que acabara de se aposentar do trabalho como *sesinsa*, planejava uma "aposentadoria tranquila". Vovô se sentiu envergonhado e culpado, pois minha mãe sempre se referia à sra. Sunrye com desdém, chamando-a de "tia da esfoliação", "aquela mulher" ou "a amante".

— Ah, como é linda!

A sra. Sunrye me acolheu de braços abertos. Assim que minha mãe começou a se recuperar um pouco, meus pais foram buscar minha irmã na casa dos meus avós. Isso porque ela chorava todas as noites, chamando pela minha mãe. Já eu crescia feliz e saudável no colo da sra. Sunrye e do vovô, e quase não adoecia. Dei meus primeiros passos no grande quintal da Casa de Esfoliação. Minhas primeiras palavras foram "mamá", seguidas de "bobô" e "Sure". Aos 2 anos, já falava com mais clareza:

— Senhora Sunrye!

Com o passar dos anos, minha mãe foi recuperando a saúde física e mental. Enquanto isso, criei raízes firmes na Casa de Esfoliação e, quando meus pais quiseram me tirar de lá, já era tarde demais. Às vezes, quando o vovô me levava para visitá-los, eu chorava e espernava.

— Bobô, quero voltar para a sra. Sunrye.

Foi só aos 6 anos que enfim parei de chorar quando via meus pais. Visitava-os algumas vezes por ano, nos feriados, como se fossem parentes distantes. Era sempre extremamente desconfortável. Minha irmã não me deixava nem tocar em seus brinquedos, e, de noite, eu sentia uma saudade imensa da sra. Sunrye.

Quando entrei no ensino fundamental, passei a morar de modo oficial com o "primeiro escalão". Minha mãe tentou, de diversas maneiras, se aproximar de mim. Ela sempre dizia:

— É como se você tivesse deixado seu coração na Casa Sunrye e vindo para cá só com o corpo.

Na época, pensei que minha mãe era uma verdadeira gênia. Graças a ela, eu enfim tinha entendido aquela situação ambígua.

Ela acha que tenho problemas relacionados a ela e ao meu pai. Segundo minha mãe, crianças assim causam problemas para chamar a atenção dos pais, mas meu caso é pior, já que sou uma "criança tão seriamente apática" que nem bagunça faço. Todos os anos, ela repete essa mesma explicação para os professores.

— Bom saber, mas a Surim não demonstra nem um pouco de apatia durante as aulas. Na verdade, ela resolve de forma madura muitos dos problemas que surgem na sala de aula — respondeu a professora do oitavo ano.

— A filha é minha, e eu a conheço melhor do que ninguém. Como é que uma criança que não é apática pode ter notas tão baixas?

Minha mãe sempre lamenta a "falta de percepção" da professora em relação aos alunos.

— Mas, mãe, você não me conhece tão bem assim. Minhas notas são medianas porque eu sou mediana. Mesmo estudando muito, fico apenas na média.

Era o que eu queria dizer, mas me segurei. Não queria vê-la chorando nem me perguntando: "Por que eu não te conheço tão bem assim?".

Minha mãe chora bastante. Ela sempre diz sofrer por eu ter me tornado "a filha de outra pessoa", e é possível que nunca supere a culpa por ter se afastado de mim quando eu era pequena. Mas eu não quero que ela se sinta assim. O amor da sra. Sunrye e do vovô foram o suficiente para mim. Embora eu não goste tanto assim da minha mãe, sou profundamente grata por ela ter arriscado a própria vida para me trazer ao mundo.

Minha irmã, Oh Mirim, de 17 anos, está no primeiro ano do ensino médio da Escola Geobuk. Ela não sabe descascar maçãs nem peras, só tangerinas. No ensino fundamental, Mirim quase sempre ficava entre as melhores alunas da turma e quase foi aprovada em uma escola especializada em idiomas, mas acabou não conseguindo. Ela também não sabe preparar macarrão instantâneo com vegetais, só colocar água no *cup noodles* e comê-lo. Ela só pensa em si mesma, e nossa relação de irmãs é praticamente inexistente. Greta Thunberg, que nasceu no mesmo ano e tem o mesmo signo que Oh Mirim, dedica a vida a combater as mudanças climáticas. Já minha irmã parece viver uma vida muito oposta, emitindo dióxido de carbono a torto e a direito, sem a menor preocupação. Ela adora pegar carona com nossos pais e abusa do conforto do ar-condicionado, além de nunca fazer esforço algum para reduzir o uso de produtos descartáveis. Seu cheiro favorito é o de "roupas recém-lavadas a seco e entregues pela lavanderia". Seu grande sonho é "ser uma jovem nos seus 20 anos que vai trabalhar todos os dias de BMW Mini, vestindo roupas que ainda exalam o cheiro de lavagem a seco".

— Oh Mirim, você não sabe quem é Greta Thunberg? — perguntei a ela certa vez.

— Sei, sim. Eu pesquisei porque achei que poderia aparecer em alguma prova de vestibular ou em alguma entrevista para a faculdade — respondeu ela.

— Que tal agir um pouco mais como ela? Alguém da sua idade está lutando pelo meio ambiente. Você não poderia pelo menos fingir que se importa?

Eu estava prestes a dizer, mas me segurei. Prolongar as conversas com Oh Mirim sempre acaba em briga, e eu não gosto de brigar com quem não tenho intimidade. Quando estou com o primeiro escalão, parecer "apática" me ajuda a preservar minha paz de espírito.

Apesar de tudo, devo minha vida a Oh Mirim. Até salvei seu contato como "Salvadora" no celular. Isso porque não quero esquecer os três grandes favores que ela já me fez.

Primeiro, ela era um bebê que chorava todas as noites. Mirim chorava tanto que a nossa avó paterna não conseguiu continuar cuidando dela e acabou levando-a de volta para a casa dos meus pais. Eu, sendo a mais nova, fui deixada de lado. Graças a isso, cresci no colo da sra. Sunrye, muito mais acolhedor do que o dos meus pais.

Segundo, ela me atormentava com muita frequência. Não suportava ver nossa mãe me tratando bem. Graças a isso, eu ia quase todos os dias à Casa Sunrye. Se não fosse pela Oh Mirim me importunando tanto, minha mãe jamais teria permitido.

Terceiro, ela era a filha que correspondia às expectativas dos nossos pais. Seguia o cronograma e as regras deles, ia bem nos estudos e os fazia gastar bastante em cursinhos particulares. Graças a isso, eu aproveitava a liberdade e a paz, longe das obrigações de filha.

— Oh Surim, sua bocó, como você pode se contentar em ter ficado em décimo terceiro lugar em uma turma de trinta alunos?

Minha mãe suspirou ao ver meu boletim do primeiro semestre do oitavo ano. Bem a tempo, minha irmã chegou com o dela, mostrando que ficou em segundo lugar na classificação geral.

— Estou feliz. Veja o que a professora escreveu — respondi com sinceridade, sem a intenção de escapar das reclamações.

"Oh Surim é uma aluna otimista e madura. Possui alta inteligência prática, acredito que enfrentará bem os desafios da vida e se sairá muito bem nesse mundo."

Graças a essas frases, senti minha vida ficar um pouco mais leve e animadora.

— O que exatamente é "inteligência prática"? É alguma função dos eletrodomésticos modernos? Como você espera evoluir na vida se está satisfeita com o décimo terceiro lugar? Dizem que toda família tem algum problema, e, pelo visto, esse é o nosso.

— Mãe, você tá dizendo que, além de mim, não tem mais nenhum problema na nossa família? — perguntei, incrédula.

Precisei confirmar que ela acreditava mesmo no que dizia.

— Claro, fora você, qual outro problema nós temos?

— Aff, não acredito nisso! Você ainda tem coragem de andar com a cabeça erguida depois da confusão que causou? — questionei.

Em resposta, fui atacada por todos do primeiro escalão de uma só vez. Começaram a me chamar de pirralha mimada sem controle emocional, dizendo que eu estava passando pela famosa "crise da aborrescência".

Aquelas pessoas eram só meus parentes, ainda que de primeiro grau. Toda essa confusão é coisa de parente. Só isso.
Sempre que me irritava com eles, repetia isso na minha mente para me acalmar. É realmente vergonhoso fazer parte de uma família com pessoas que não sabem o que é vergonha. E é ainda pior quando essas pessoas são seus pais.

O incidente da minha mãe aconteceu no ano passado. Eu estava no apartamento 402 da Casa Sunrye, jantando e assistindo ao noticiário com o vovô e a sra. Sunrye. Uma reportagem especial abordava um problema sério entre as crianças dos condomínios e as crianças das vilas, em que as primeiras insultavam as outras chamando-as de "mendigas da vila".

— Senhora Sunrye, será que é só na minha escola que não é assim? Nunca ouvi as crianças falarem assim umas com as outras.

— Pois é, o problema são os adultos. De onde você acha que essas crianças aprenderam isso? Com certeza foi com os adultos.

Na tela, apareceu uma pessoa com o rosto desfocado, mas ela parecia estranhamente familiar.

— Sendo sincera, é fato que as crianças das vilas não recebem tanta supervisão. E, sendo ainda mais sincera, como mãe, é natural que eu me preocupe com as minhas filhas se relacionando com elas.

Um calafrio percorreu minha coluna. Era a minha mãe. Mesmo com a voz distorcida, não havia como não reconhecer.

Minha mãe tinha o hábito de começar frases com "sendo sincera". Ela também levantava o queixo ao dizer "sen" e abaixava de novo ao dizer "ra".

— É a sua mãe — comentou a sra. Sunrye.

— Mas acho que mais ninguém deve reconhecer, né? — perguntou o vovô, olhando para mim e para a sra. Sunrye com uma expressão preocupada.

— Ah, acho que vão reconhecer sim. Ela disse "sendo sincera" duas vezes e levantou o queixo quatro vezes. Além disso, o local é claramente o cruzamento de Geobukdong — respondi.

Suspirei. Os memes da entrevista da minha mãe se espalharam por toda a internet.

"Sendo sincera, você é ridícula."

"O fundo é o cruzamento de Geobukdong. Essa pessoa não mora no Wonder Grandium, não? Por favor, não envergonhe o nosso complexo habitacional. Sendo sincero, morador do Wonder Grandium."

"Demorou para alguém dizer isso! Concordo com você! Essa coisa de misturar nossas crianças com as das vilas é mesmo desconfortável."

A entrevista viralizou tanto on-line quanto off-line. Os moradores da Geobukdong também viram e logo perceberam que era minha mãe. Muitos ficaram indignados, mas ninguém tomou nenhuma atitude em especial.

A sra. Jo e alguns poucos moradores, no entanto, fizeram uma ameaça:

— Apenas ouse aparecer em Geobukdong. Vai se arrepender. Vamos jogar sal em você.*

Os únicos a tomarem alguma atitude concreta foram os moradores do Wonder Grandium. Cartazes feitos à mão exigindo um pedido de desculpas da minha mãe foram afixados; sem alternativa, ela foi obrigada a se desculpar publicamente e a deixar seu cargo como administradora do grupo do condomínio.

— Sendo sincera, essas pessoas que alimentam gatos de rua estão apenas aproveitando a situação para me depor. Elas querem tomar o poder e transformar o nosso prestigiado Wonder Grandium em um paraíso de gatos de rua. Um horror! E, sendo ainda mais sincera, eu disse alguma mentira sobre as vilas?

Minha mãe continuava sendo sincera, como se fosse morar para sempre no Wonder Grandium e nunca pisar em Geobukdong. Bem, pelo menos era o que ela achava.

---

* "Jogar sal" é uma prática simbólica presente em muitas culturas, incluindo a coreana, e é usada para afastar coisas ruins, como má sorte, maus espíritos ou até pessoas indesejadas. O gesto de "jogar sal no rosto" de alguém, em contextos figurativos, pode representar desprezo ou irritação. [N.T.]

As provas do primeiro semestre enfim acabaram. Eu estava com fome, porque não tomei café da manhã. O primeiro escalão costuma comer cereal com leite de manhã; eu, porém, não. Sempre que tento, meu estômago dói e, às vezes, acabo até precisando ir ao banheiro no meio da aula. Minha mãe geralmente prepara *nurungji*, crosta de arroz tostada, para mim, mas, nesses tempos falidos, nem isso ela faz mais. Está vivenciando um momento de ansiedade extrema, raiva avassaladora e uma apatia sem fim.

Eu não sou como Oh Mirim, que não sabe se virar sozinha. *Nurungji*, arroz instantâneo, arroz frio, bolinho de arroz… Eu comeria qualquer coisa feita de arroz, mas não tinha nada. Até o pote de arroz estava vazio. Suspirei. Seis meses após a morte do vovô, o arroz acabou oficialmente no apartamento 1504 do bloco 103 do Wonder Grandium.

— Oh Surim! — chamou Jinha, na frente do portão da escola. Jinha era minha amiga e filha da sra. Jo, que morava no apartamento 202 da Casa Sunrye. — Você tá na dúvida de novo, né? Vai pra Casa Sunrye ou pro Wonder Grandium? Oh Surim, a garota com dois endereços. Sabia que, às vezes, fico até com inveja? Eu só posso ir pra Casa Sunrye. — Ela riu baixinho.

Jinha ainda não sabia que minha vida de moradora dupla podia estar chegando ao fim.

— Hoje eu também vou pra Casa Sunrye. Vou almoçar com a sra. Sunrye.

— A sra. Sunrye vai preparar o almoço pra você?

— Aham.

— Então você vai comer comida de *haenyeo**?

— Provavelmente.

Jinha chamava a comida da sra. Sunrye de "comida de *haenyeo*". Ela dizia que lembrava as refeições das mergulhadoras que viu no Museu das *Haenyeo*. A sra. Sunrye gosta de pratos que podiam ser feitos em dez minutos. Nunca a vi preparar nenhum caldo elaborado. No inverno, ela dissolve pasta de soja fermentada na água quente e adiciona algas para fazer sopa. No verão, mistura a pasta de soja e as algas na água fria. Os ovos são sempre fritos, e o tofu, apenas cortado e grelhado. Ela nunca faz acompanhamentos com vegetais temperados; diz que é trabalho demais. Às vezes, até cozinha carne de porco, mas só corta na tábua e coloca direto na mesa. E, quando faz peixe grelhado, serve direto na frigideira. Pouca louça, tudo rápido; esse é o lema dela. O melhor da mesa é o *kimchi*, que quase sempre é presente

---

* *Haenyeo* (해녀): traduzido como "mulheres do mar", as *haenyeo* são mergulhadoras tradicionais da ilha de Jeju, na Coreia do Sul, que mergulham para pescar frutos do mar. [N.T.]

da sra. Gildong. Eu até que gosto da comida de *haenyeo*. Se tem arroz e sopa, não me importo de comer a mesma coisa várias vezes seguidas.

— Oh Surim, você vai fazer todas as matérias do cursinho intensivo de férias? Língua coreana, inglês, matemática e ciências? — perguntou Jinha.

— Você vai?

— Eu vou fazer só coreano, inglês e matemática.

— Sei.

Jinha não precisava estudar ciências nas férias. Ela já estudava essa matéria com a dedicação de uma fã obcecada desde o terceiro ano do fundamental. Além disso, também ensinava muito bem. Graças a ela, eu conseguia tirar até sete ou oito em ciências, e ela sempre dizia que ensinar os outros antes da prova a ajudava a "organizar as ideias".

— Mas então, *você* vai fazer todas as matérias do cursinho de férias? — insistiu Jinha.

— Não.

— Nossa, que estranho! Sua mãe não te matriculou dessa vez?

Minha mãe não tinha tempo nem dinheiro para se preocupar com meus cursos de férias. Estava na hora de contar para Jinha; afinal, não podia deixar que ela descobrisse por outras pessoas as mudanças na vida da sua melhor amiga.

— Jinha, sabe... é... bem, a gente tá bem mal.

— Eu não tô mal, não. Fui muito bem nas provas finais.

Jinha entendeu que "a gente" se referia a nós duas.

— Não, não é sobre as notas, é sobre a situação financeira lá de casa.

— A sra. Sunrye tá mal? Como assim? Ela faliu? — perguntou Jinha, parando no meio da faixa de pedestres.

Dessa vez, ela achou que "casa" significava "eu e a sra. Sunrye".

— Ei, como você para assim bem no meio da faixa? Por que a sra. Sunrye iria falir? Anda logo, vamos atravessar.

— Ué, você me deu um susto.

Puxei Jinha e atravessamos juntas a faixa de pedestres.

— A minha família que faliu. A do Wonder Grandium.

— Ah, essa família. Você sempre os chama de "o primeiro escalão". Aí, do nada, fala "casa". É claro que eu não ia entender, né?

Jinha não era a única. Eu também estranhei depois de falar.

— Jinha, por que mesmo que eu chamei o primeiro escalão de "casa"?

— Alguém do primeiro escalão tá doente? — perguntou Jinha.

— Não.

— Seus pais tinham algum negócio?

— Não.

— Então precisaram pagar fiança para alguém? Ou caíram em algum golpe?

— Também não.

— Foi com ações, então?

Balancei a cabeça, negando.

— Foi com apostas? Ou algum tipo de jogo?

— Não, nada disso também.

— Uau... Olha, eu sei um pouco sobre como os adultos conseguem perder tudo. Meu pai já passou por várias encrencas, sabe? Além disso, já ouvi muitas histórias das clientes no salão. Mas essa é nova. Ninguém ficou doente, ninguém apostou... como eles conseguiram falir?

— Pois é, nem eu sei direito.

Enquanto ouvia Jinha, tudo começou a fazer sentido. Meus pais faliram por não fazerem absolutamente nada.

— Surim, então o primeiro escalão não vai mais poder morar no Wonder Grandium?

— Não mesmo.

— Uau, não acredito! Como sua mãe tá lidando com isso?

— Não está.

— Me dá até uma peninha da sra. Sendo Sincera.

Em Geobukdong, minha mãe ficou conhecida como a "sra. Sendo Sincera", apelido que ganhou após a fatídica entrevista. Antes, ela provocava a indignação dos moradores das vilas, mas agora desperta a pena deles.

> 2 Kimbap, 1 sundae, coloca conta Geobuk.

Era uma mensagem da sra. Sunrye. Como ela digita devagar, costuma enviar mensagens sem preposições ou frases completas. Além disso, quando se trata de palavras estrangeiras ou nomes de produtos novos, ela em geral escreve de forma abreviada: "Kilimanjaro" vira apenas "Kiliman" e "chimichurri" vira "chimi", por exemplo. Curiosamente, isso não acontece só por mensagem — ela também fala assim. Parece que palavras longas e pouco familiares não são fáceis para ela lembrar. Na Casa Sunrye, as pessoas chamam isso de "sunryenês". Meu cérebro já preenche as lacunas do "sunryenês" de forma automática.

— A sra. Sunrye pediu dois *kimbaps,* uma porção de *sundae* e pediu pra colocar na conta dela na lanchonete Geobuk.

— Então você não vai comer comida de *haenyeo* hoje, né?

Respondi à mensagem:

> Eu tenho dinheiro.

Hoje de manhã, saí com dinheiro — os últimos cinquenta mil won que recebi de mesada do vovô antes de ele morrer. Estava planejando comprar arroz no caminho para a casa do primeiro escalão.

> Conta hoje pago saldo.

O que entendi: "Não, coloca na minha conta, pago ainda hoje. Preciso gastar o saldo". Para a sra. Sunrye, quase todo mês chega a "época de gastar o saldo". Ter exatos 9.999.999 won na conta da Cooperativa Saemaeul não é um problema, mas ultrapassar dez milhões de won é.

— O dinheiro que eu ganho não é realmente meu. Só o que eu gasto é meu. Nós nunca sabemos nossa hora. Já pensou se eu morro amanhã? E se eu morrer sem conseguir gastar?

E assim ela tem a "época de gastar o saldo" para manter o valor ideal.

> Podemos comprar pra Jinha também?

> S sra. Jo

— Jinha, a sra. Sunrye me falou pra comprar pra você e pra sua mãe também.

— Oba! Vou mandar uma mensagem agradecendo agora mesmo!

A única pessoa que conheço que se preocupa por ter dinheiro sobrando é a sra. Sunrye. Ela também é a única que quase nunca compra coisas que podem se tornar lixo não biodegradável. Como não gosta de fazer compras, não tem muitos lugares onde gastar dinheiro. Quando precisa de algo, prefere comprar itens usados para promover a reutilização de recursos. Além disso, detesta dirigir, porque acredita que carros emitem muito dióxido de carbono. Lixo não biodegradável, pessoas que emitem dióxido de carbono de modo desenfreado e dinheiro sobrando: essas são as três grandes preocupações da sra. Sunrye. Os dois primeiros todo mundo sabe, mas o último, só eu. Nem mesmo a sra. Gildong, sua amiga há trinta anos, sabe disso.

— A Sunrye me dá um monte de frutas uma vez por mês. Aposto que ela está gastando todo o dinheiro da aposentadoria com isso! — deduziu a sra. Gildong.

Saber que eu sou a única pessoa que entende que isso acontece na "época de gastar o saldo" faz meu coração se encher de alegria.

— Surim, posso contar pro dono da lanchonete? — perguntou Jinha.

— Contar o quê?

— Que a sra. Sendo Sincera não vai mais morar no Wonder Grandium.

— *Hm...* tudo bem, mas faz isso quando eu não estiver por perto.

— Por quê?

— Porque vai ser uma notícia boa, e seria difícil pra ele esconder a felicidade na minha frente.

Jinha assentiu.

— Oh Surim, você deve saber. A sra. Sunrye tem algum outro imóvel? Ela deve ter alguma boa fonte de renda para conseguir ser tão generosa assim — comentou o dono da lanchonete enquanto preparava os *kimbaps*.

Havia rumores de que a sra. Sunrye era uma verdadeira magnata do ramo imobiliário e por isso não precisava cobrar aluguéis altos.

— Não sei.

Mentira. Eu sabia muito bem que ela não tinha outros prédios. O patrimônio da sra. Sunrye consistia na Casa Sunrye, no depósito caução dos inquilinos guardado em uma poupança e no saldo de sua conta-corrente, que nunca ultrapassava 9.999.999 won.

— Ah, você é a famosa neta da dona da Casa Sunrye? Aquele edifício que dizem que é preciso ficar na lista de espera por cinco anos para conseguir um apartamento? — perguntou um senhor que estava comendo *kalguksu* sozinho.

— Ela não é neta — respondeu Jinha no meu lugar.

— Então, quem é ela?

— Ela é a pessoa mais próxima da dona do prédio. A confidente dela — respondeu Jinha mais uma vez.

Como confidente da sra. Sunrye, eu sei de muitas coisas e, como tal, também sei exatamente o que deve ser mantido em segredo.

— Ah, é? E como faço para me aproximar dela? — insistiu o senhor, dissimulado.

Nós apenas paramos de responder.

— Surim, até quando o apartamento 201 vai ficar vazio? Parece que a sra. Sunrye ainda não conseguiu superar a morte do seu avô. Fico curioso, mas não tenho coragem de perguntar — disse o dono da lanchonete.

Ao ouvir o comentário dele, inclinei a cabeça e dei um leve sorriso, como se soubesse de algo. O apartamento 201 está vazio há seis meses. Até quando ficaria daquele jeito? Nem eu sabia.

— Surim, não se esqueça de dizer que isso aqui é por conta da casa, hein? Uma porção bem generosa!

O dono caprichou, enchendo a sacola com pedaços de fígado, pulmão e rim suínos.

— E a gente? Não ganha cortesia também? — perguntou Jinha.

— Ah, vocês já estão aproveitando os benefícios da Casa Sunrye há dez anos, não precisam de mais nenhum agrado extra. A sua mãe é tão sortuda que até parece que os antepassados dela salvaram o país! Ela conseguiu alugar não apenas um espaço, mas dois na disputadíssima Casa Sunrye — respondeu o dono, fazendo um gesto com as mãos para deixar claro que não havia chance.

— Ah, mas somos clientes fiéis! — insistiu Jinha, em vão.

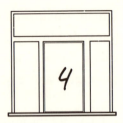

Há duas maneiras de chegar ao apartamento 402 da Casa Sunrye: pelo elevador ou pelas escadas. A sra. Sunrye sobe pelas escadas e desce pelo elevador. Até o ano passado, ela praticamente só usava as escadas, para economizar eletricidade. Mas, pouco tempo atrás, o médico a aconselhou a evitar fazer isso, pois a cartilagem dos seus joelhos estava bastante desgastada.

Eu também costumava usar as escadas para ir e voltar do 402 e do terraço, mas, desde que o vovô faleceu, passei a usar o elevador. Ver a porta do apartamento 201 sempre me deixa triste.

— Surim, minha querida. Você chegou?

Ao entrar no apartamento 402, fui recebida por um cheiro familiar: a mistura de pasta de soja fermentada e algas. A sra. Sunrye sempre prepara sopa, mesmo quando tem *kimbap*. Ela sabe que eu adoro sopa.

— Surim, dá uma olhada nisso.

A sra. Sunrye abriu a gaveta do armário de sapatos. Havia um envelope com um documento ao lado de uma escova de sapatos.

— O que é isso?

— Seguro de vida.

— Por que você deixou aí?

— Ah, só pra ficar fácil de achar. Já avisei à Gildong também. Você sabe o que é suporte à vida, né?

"Suporte à vida" se referia ao "Termo de Recusa de Tratamento", algo que o vovô e a sra. Sunrye registraram no ano passado. O vovô, no entanto, faleceu antes de sequer poder pensar sobre qualquer tratamento.

— Está doente, sra. Sunrye?

— Não. Mas, na minha idade, não seria estranho eu cair de cama de repente.

Ela descreveu com exatidão o que mais me assusta: ficar sozinha em um mundo sem ela. Desde que o vovô faleceu, eu venho tendo pesadelos frequentes. Sonho que procuro pela sra. Sunrye em todos os cantos da casa, mas não consigo encontrá-la; que tanto o vovô quanto ela desapareçam sem deixar qualquer rastro; ou que o primeiro escalão invade o apartamento 402 à força.

— Surim, tem certeza de que isso aqui é uma porção individual mesmo? — perguntou a sra. Sunrye.

— Ah, o dono pediu pra dizer que é um presente. Uma porção individual, mas bem generosa.

— Sei, mas veja esses malditos plásticos... Se meus joelhos não doessem tanto, não precisaria receber nessa porcaria.

A sra. Sunrye sempre leva potes vazios quando vai comprar comida, para reduzir o uso de plásticos e embalagens descartáveis. É capaz de quem não a conhece pensar que ela é uma idosa extremamente pobre, com seu cabelo branco e roupas cafonas, carregando comida em potes dentro de uma sacola velha.

— Surim, lembra daquela vez que o vovô Seunggap pediu *kimbap* de vegetais, mas a lanchonete entregou *kimbap* de atum?

— Lembro.

— E ele voltou lá e ainda pagou os quinhentos won de diferença.

— Sinto falta dele.

— Eu também.

O vovô sempre foi um homem honesto. Nunca enganava clientes usando materiais de baixa qualidade nem fazia serviços de qualquer jeito. Ele detestava pessoas que tentavam ganhar dinheiro fácil e trabalhou duro até os 75 anos. Por isso, é difícil acreditar que alguém como ele se deixou levar pela promessa de um "retorno anual de 12%" e decidiu investir em energia solar. E não parou por aí: além de ser enganado pelos golpistas, ele acabou emprestando seu nome para eles. Todo o seu patrimônio foi para o banco e para as outras pessoas que foram enganadas, mas não bastou para quitar as dívidas. Os herdeiros de Park Seunggap, o *de cujus*, renunciaram à herança, para não herdarem as dívidas. Foi assim que aprendi o significado de termos como "de cujus" (que significa os herdeiros), "descendentes diretos", "ascendentes diretos" e "parentes colaterais" (eu, por exemplo, sou uma descendente direta do vovô). Também descobri como a "execução da hipoteca pelo credor" podia afetar os descendentes diretos que ainda viviam no imóvel do falecido. A casa dos herdeiros, o apartamento 1504 do bloco 103 no Wonder Grandium, foi leiloada. Agora, o primeiro escalão só tinha mais três semanas para viver lá.

— Senhora Sunrye, a senhora não ficou chateada por ele ter investido em energia solar sem contar nada pra você?

— Não. Seunggap perdeu o dinheiro que ele mesmo ganhou, então por que eu ficaria chateada?

— Sério?

— Sério. Não fiquei chateada, mas fiquei com um pouco de dor no coração.

— Por quê?

— Porque ele não conseguiu nem me contar… Deve ter ficado tão preocupado, pensando que, se ficasse velho demais para trabalhar, não conseguiria mais ajudar a família de vocês. É triste pensar que ele carregou essa preocupação sozinho, tadinho — respondeu a sra. Sunrye, e abriu um sorriso forçado.

Quando está com seus confidentes, a sra. Sunrye gosta de desabafar e reclamar de quem a incomoda. Como sou a pessoa mais próxima dela, sei até das atrocidades cometidas pelo seu ex-marido. Mas nunca a ouvi falar mal de ninguém do primeiro escalão. Ela devia se segurar por minha causa.

No dia seguinte à morte do vovô, minha mãe me mandou para a Casa Sunrye para buscar algumas coisas, como a apólice do seguro de vida dele, extratos bancários, dinheiro e até alguns objetos de valor. Até aquele momento, não sabíamos sobre "o golpe da energia solar" e, pelas circunstâncias, suspeito que nem o vovô sabia que tinha sido enganado antes de falecer. Minha mãe acreditava que herdaria tudo: o apartamento, dinheiro, objetos de valor e o subsídio por morte.

Mas não havia nenhum objeto de valor, dinheiro ou apólice de seguro. O que encontrei foi um comprovante de cancelamento do seguro, os extratos bancários dos últimos vinte anos, uma caderneta com os registros financeiros e o cartão do plano de saúde. O último extrato, datado de uma semana antes de sua morte, mostrava que a conta do vovô estava negativada. O endereço no cartão do plano de saúde era o Wonder Grandium, e os dependentes listados eram o primeiro escalão e eu. Na caderneta, estavam anotados os totais de receitas e despesas mensais. E, abaixo do total das despesas, havia um item separado: o valor que ele enviava todos os meses para a minha mãe.

(Yeongji: setecentos mil won)

Aconteceu o seguinte: em alguns meses, ele a enviou apenas quinhentos mil won e, em muitos outros, até três milhões de won. Abri a calculadora e comecei a somar tudo. Por um momento, me perguntei: *O que estou fazendo? O vovô acabou de falecer*. Mesmo assim, continuei. Ao longo de dezessete anos, o vovô enviou 427.3 milhões de won para minha mãe. Também havia registros de transferências feitas com o dinheiro guardado para o seguro que ele cancelou. Para a sra. Sunrye, três itens foram marcados: o depósito caução do apartamento 201, o aluguel e "Surim". A maior parte dos valores na coluna "Surim" terminava em múltiplos de dez, o que me fez acreditar que eram gastos com meu leite em pó, fraldas e contas do hospital. Esse item desapareceu das anotações quando completei 8 anos. De repente, me lembrei das coisas que minha mãe dizia sobre a sra. Sunrye.

— Meu pai é um técnico altamente qualificado e ganha bem. Por que ele vive dizendo que tá sem dinheiro? Será que ele tá dando tudo escondido para aquela mulher?

Ou:

— Você acha que ela cuidou da Surim de graça? Com certeza recebeu dinheiro do meu pai.

Fotografei cada página dos registros e do certificado de cancelamento do seguro. Foram mais de duzentas fotos, mas tirei todas. Depois, salvei no meu notebook e na nuvem. Pretendia usá-las como prova caso minha mãe espalhasse mentiras dizendo que a sra. Sunrye desviou o dinheiro do vovô.

— Por que você está comendo tão pouco hoje? Comeu muito no café da manhã? — perguntou a sra. Sunrye, colocando um pedaço de carne no meu prato.

— É que eu tenho um pedido importante.

— O quê?

— Você passou esse tempo todo cuidando de mim. Por minha causa, não teve uma vida tranquila.

— Que história é essa?

— Por minha causa, você não viajou para a Europa. Você sempre disse que queria ir para lá fazer o caminho do peregrino que as pessoas aposentadas fazem.

— Ah, aquilo? É bobagem, eu só vi no jornal e pensei que talvez fosse interessante. Vai me dizer que só quem viaja pra lá se torna peregrino? Eu já sou a Sunrye, a peregrina, lembra? Não preciso de viagem pra isso.

— Você também gastou bastante comigo, né?

— Bastante? Eu fico é preocupada de morrer sem conseguir gastar tudo.

— E os seus joelhos ficaram ruins de tanto ter me carregado nas costas...

— Mesmo que eu não tivesse te carregado, eles ficariam ruins de qualquer jeito por causa da idade, meu bem.

— O primeiro escalão realmente não sabe o que é gratidão...

— ...

— Senhora Sunrye, a senhora é muito ingênua.

— Você acha que eu te criei esperando reconhecimento? Eu escolhi te criar. E quem te deu o direito de me chamar de ingênua, hein, minha cara confidente?

— *Hm*...

— Mas o que tá acontecendo com você hoje? — perguntou a sra. Sunrye, colocando os talheres na mesa.

— ...

Não consegui falar. Eu sentia que era um peso para ela desde os meus quinze dias de vida, como se tivesse atrapalhado o que poderia ter sido uma aposentadoria tranquila.

— Confidente? Para de enrolar e me fala logo qual é o seu pedido importante.

A sra. Sunrye pegou minha mão com gentileza. O gesto me deu um pouco de coragem, e finalmente abri a boca para falar.

— Posso morar aqui? Só até terminar o ensino médio. Prometo que vou trabalhar e ganhar meu próprio dinheiro.

— Você está pensando em fugir de casa?

— Não. É que o primeiro escalão não tem dinheiro nem mesmo pra pagar o aluguel. De qualquer forma, já nem queria morar com eles. Se eu saísse de casa, acho que só fingiriam não ter escolha e me deixariam ir. Meus pais só precisam da Oh Mirim.

— Quer dizer que eles não têm nem uns milhares na conta?

— Não…

Então, contei à sra. Sunrye tudo o que tinha acontecido com o primeiro escalão até aquele momento: desde o dia em que percebemos que precisaríamos renunciar à herança até aquela manhã, quando o arroz acabou.

Depois que o vovô Seunggap, a principal fonte de renda da família, partiu, a vida do primeiro escalão desmoronou rapidamente. Não havia nenhum subsídio para resgatar. Meus pais venderam as alianças de bebê minha e da Oh Mirim para cobrir as despesas. E, como não conseguiram pagar as parcelas do carro, acabaram vendendo-o para uma loja de carros usados com parcelas pendentes. A raiva da minha mãe se voltou contra o "golpe da energia solar". Ela dizia que só de olhar para o sol ficava furiosa e, por isso, se trancava em casa. Meu pai, tomado pelo desespero, começou a beber para tentar aliviar a frustração. Já Oh Mirim reclamava e choramingava que as mensalidades do cursinho estavam atrasadas.

— Vamos acordar pra vida! Todo mundo precisa trabalhar! — gritei, tentando motivá-los.

— Sendo sincera, ouvir isso me dá vontade de morrer, Surim — disse minha mãe, começando a chorar.

— Como pode falar algo tão cruel pra mamãe? Ela já tá deprimida e você fala esse tipo de coisa? — protestou Oh Mirim, revoltada.

— É triste ouvir isso de um filho — murmurou meu pai, afogando ainda mais as mágoas na bebida.

Depois, sugeri que fôssemos ao centro comunitário mais próximo para pedir um "auxílio emergencial", quando lembrei que o Doutor havia conseguido essa ajuda em um semestre em que não recebeu nenhuma turma.

— Agora a gente é caso de assistência social?— reclamou Oh Mirim, indignada.

— Você quer que eu vá ao centro comunitário pedir ajuda, sabendo que tem pais de alunos da turma da Mirim que trabalham justamente no setor de assistência social? — retrucou minha mãe, igualmente revoltada.

— Se tocar nesse assunto de novo, eu não me responsabilizo pelo que vai acontecer — ameaçou meu pai.

Ele continuou pedindo ajuda às minhas tias, dizendo a elas que precisava aproveitar as férias para escrever mais artigos acadêmicos e se tornar professor titular. Alegava também que minha mãe, abalada pela morte do vovô, não tinha condições de trabalhar. Falava sobre como Oh Mirim era uma aluna brilhante, com potencial para entrar nas melhores universidades da capital, e, por isso, não podia parar de frequentar o cursinho. Quanto a mim, afirmava que eu era tão ruim nos estudos que precisava de reforço com urgência.

E se eu perguntava:

— Pai, como assim você ainda não procurou uma casa nova? O prazo está acabando.

Ele só me respondia:

— Não se preocupe com isso e foque em melhorar suas notas.

Meu pai não parava de visitar, ligar e mandar mensagens para minhas tias. Mesmo assim, nenhuma delas deu dinheiro para ele. Ontem, chegou uma carta com um selo escrito EXPEDIÇÃO CERTIFICADA no envelope, enviada pela minha tia mais velha.

Me arrependo de ter pagado a sua faculdade. Eu deveria ter estudado no seu lugar. — Irmã mais velha.

Me arrependo de ter te dado todos os meus ovos e leite quando éramos crianças. É por isso que hoje em dia eu tenho osteoporose. — Segunda irmã.

Me arrependo de ter me gabado de que você estudou em uma universidade de prestígio. Ou a faculdade não era tão boa quanto eu pensava, ou você não aprendeu nada direito. — Terceira irmã.

Me arrependo de ter enviado dinheiro para os nossos pais. No fim, gastaram tudo com você e fomos nós, suas irmãs, que tivemos que pagar sozinhas as contas do hospital deles. — Quarta irmã.

Não vamos dar mais nem um centavo para você. Não nos procure. — Todas as irmãs.

Foi só depois de receber essa carta que meu pai começou a procurar uma casa nova. Quando voltou, tarde da noite, contou que, em Geobukdong, o único lugar disponível que não exigia um depósito caução era uma *gosiwon*, um lugar menor que uma quitinete e com cozinha e banheiro compartilhados. Fora isso, precisaríamos pagar um ano de aluguel adiantado, e até um estúdio no porão custava quase cinco milhões de won. Minha mãe caiu em prantos. O primeiro escalão começou a se consolar mutuamente enquanto culpavam os golpistas da energia solar e as minhas tias. O vovô, mesmo falecido, foi outra vez lembrado como o velho que arruinou a vida de seus descendentes diretos. Ninguém teve coragem de questionar: "O que fizemos para chegar a esse ponto?". Apesar da situação caótica, eles permaneciam unidos de forma quase assustadora. Eu me mantive à distância, só observando, horrorizada.

— Surim, você tirou foto da carta com a expedição certificada? — perguntou a sra. Sunrye depois de me ouvir em silêncio.

— Tirei.

— Posso dar uma olhada?

Abri a foto e ampliei para mostrar. A sra. Sunrye leu a carta das minhas tias com atenção, linha por linha.

— Você tá bem? — perguntou ela, ao terminar de ler.

— Com o quê?

— Com essa situação de ficarem… pobres.

— Ah, sei lá… não sei bem como explicar… é como se eu estivesse caindo.

— Como se estivesse chegando ao fundo do poço?

— Não, não é no sentido ruim… é mais como…

Expliquei melhor essa sensação de "estar caindo" à sra. Sunrye, para que não houvesse confusão. Era mais reconfortante do que desesperadora. Quando eu era menor, sempre me sentia mais confortável na Casa Sunrye. Era o único lugar onde conseguia relaxar: lá, toda a tensão do meu corpo e mente desaparecia. Porém, à medida que fui crescendo, em especial quando terminei o ensino fundamental, comecei a perceber que tudo o que eu tinha — a casa espaçosa e iluminada com vista para as montanhas, meu próprio quarto, comida boa, aulas particulares e tantas outras coisas — era fruto do esforço e do trabalho árduo do vovô Seunggap, que nem via direito a cor desse dinheiro. Também entendi que éramos um grande peso na vida da minha avó paterna e das minhas tias. Aos poucos, passei a me sentir cada vez mais desconfortável ao ver o cansaço estampado no rosto do vovô. A luz do sol que entrava pela janela do meu quarto e a beleza da montanha Geobuk, que antes eu tanto apreciava, de repente começaram a parecer distantes, difíceis de aproveitar. Era como se eu estivesse flutuando, suspensa no ar, no alto daquele décimo quinto andar, sem nenhum chão firme para me sustentar.

— Mãe, por que a gente não devolve essa casa pro vovô e vai morar em outro lugar? Igual às outras famílias, com o dinheiro que você e o pai ganham? — perguntei quando estava no sétimo ano.

A resposta foi um ataque furioso da minha mãe, e o alvo foi a sra. Sunrye.

— Foi aquelazinha, a amante, que colocou essas ideias na sua cabeça, não foi? Essa casa é minha, sabia? É a casa do meu pai. Ela quer nos expulsar para viver com ele aqui e, ainda por cima, ficar com todo o dinheiro dele — retrucou ela, com raiva.

Minha mãe sempre teve esse hábito de transformar as suspeitas e os rumores em "fatos" e, mesmo quando era contrariada, se recusava a acreditar. Agora que a "casa do vovô" não existia mais, senti como se meus pés, antes flutuando no ar, enfim tocassem o chão. Se o impacto da queda não fosse tão grave, logo conseguiria me firmar outra vez e me reerguer.

— Ah, essa sensação de ter os pés no chão! Não parece algo ruim, então. — A sra. Sunrye assentiu com a cabeça e, em seguida, fitou meu rosto com atenção. Em vez de fazer algum comentário, ela me surpreendeu com uma pergunta: — Surim, você sabe o que torna alguém um adulto?

— Não sei ao certo.

Minha resposta foi vaga. Embora eu conseguisse listar com facilidade todos os bons adultos ao meu redor — como a sra. Sunrye, a sra. Gildong e seu marido, o Doutor, a sra. Jo e minha professora do oitavo ano —, não sabia dizer o que os definia dessa forma.

— É tentar viver por conta própria, com o próprio esforço.

— Faz sentido. Concordo com você, sra. Sunrye.

Os bons adultos ao meu redor sempre lutavam para viver com o próprio esforço, enquanto ajudavam os outros pelo caminho.

— Na sua casa, quem da sua família começaria a trabalhar aos 16 anos para sair de casa aos 20?

— *Hum*... eu.

— Exato. Pelo que vejo, você é a única adulta da sua família. Até agora, pelo menos.

— ...

— Confidente, você pensa de verdade em deixar seus pais imaturos e a Oh Mirim sozinhos e ir embora?

— Eu não consigo ser responsável por todos eles. Só tenho 16 anos.

— Sabe, Surim, uma vez ouvi um grupo de casais conversando em um restaurante e fiquei chocada. Eles estavam falando, como se fosse motivo de orgulho, que os pais idosos tinham comprado um carro para eles, que pagavam todas as mensalidades dos netos e ainda davam mesada. Ainda não acredito que ouvi aquilo. O mundo é um lugar difícil de se viver, pior ainda sem a ajuda dos pais. Mas aquelas pessoas já tinham mais de 40 anos e mesmo assim não sentiam vergonha nenhuma de viver daquele jeito. Pareciam estar em uma competição de quem era mais imaturo. Eu já me perguntei se seus pais andam com gente assim.

— É possível.

Eu mesma já tinha visto várias vezes esse tipo de competição de "quem é mais imaturo", inclusive entre meus pais. Ainda assim, preferia não acreditar que a falta de maturidade deles era culpa de seus círculos sociais. Fazer isso seria seguir a mesma lógica de muitos adultos que diziam: "Meu filho só fez besteira por causa das amizades erradas".

— Surim, acho que o maior erro que cometi enquanto estava com o Seunggap foi permitir que ele fosse explorado pela própria filha. Achava que, se eu falasse alguma coisa, as pessoas pensariam que eu estava interessada no patrimônio dele… Por isso, falei uma ou duas vezes, mas logo desisti. Seunggap acreditava que, como a filha estava passando por dificuldades, era seu dever ajudá-la. Chegou até a procurar um lugar para que se mudassem por um tempo durante a reforma do prédio, já que, segundo ele, a filha não "estava bem". Seus pais viveram até agora em um mundo onde uma casa apenas surgia para eles e onde podiam gastar o dinheiro do seu avô como bem entendessem. Talvez tenha sido o próprio Seunggap que impediu que eles amadurecessem.

— Por que será que o vovô fez isso?

— O seu avô perdeu a esposa quando ainda era muito jovem, sabe? Por isso, sempre foi uma pessoa medrosa e se preocupava demais com a saúde frágil da sua mãe. Quando ela teve duas gravidezes seguidas de depressão pós-parto, ele ficou completamente perdido. Temia que, se não atendesse aos pedidos dela, a depressão voltaria. Ele também temia que sua mãe morresse cedo, como a sua avó. Esse medo o acompanhou até o fim.

— Minha mãe está bem agora. Quase não pega nem resfriado.

— Que bom.

— Se eles morassem em uma *gosiwon*, será que enfim amadureceriam?

— Pode ser... mas, sabe, não dá pra pegar alguém que viveu a vida inteira em uma estufa e de repente jogá-la em um campo aberto. Ela pode definhar e, aí, vai ser ainda mais difícil de se recuperar depois.

— ...

— Surim, o que acha de nós ajudarmos essas pessoas a se adaptarem ao mundo fora da estufa?

— Nós?

— Isso.

— Eu e você?

— Aham.

— Como?

— Vamos trazê-los para o apartamento 201. Faremos um contrato de aluguel sem depósito — disse a sra. Sunrye, como se não fosse nada de mais. Como se estivesse decidindo o que comer no jantar.

De repente, comecei a ficar irritada.

— A senhora é boba? Me criou de graça, alugou a casa pro vovô por uma mixaria, foi acusada de receber dinheiro dele, e agora ainda vai arrumar dor de cabeça trazendo essas pessoas problemáticas pra cá?

Achei que eu diria algo desse tipo, mas… o que saiu da minha boca foi outra coisa.

— Obrigada.

Meus olhos se encheram de lágrimas. Como se eu me agarrasse a um bote salva-vidas para resgatar o primeiro escalão, à deriva. O simples fato de poder trazê-los para o apartamento 201 tirava um grande peso do meu coração.

— Surim, por quanto tempo vocês ainda podem ficar no apartamento?

— Três semanas.

— Três semanas? Nossa, falta pouco!

A sra. Sunrye tirou uma trena da gaveta. Era dessas bem pesadas, usadas em canteiros de obras. Ela sempre emprestava a trena para as pessoas que vinham visitar os apartamentos pela primeira vez. Dizia que medir as paredes com precisão era essencial para uma boa mudança.

— Seus pais só vão amadurecer se fizerem as coisas por conta própria, mas vocês não estão mesmo com muito tempo. Acho que dessa vez você vai ter que liderar a mudança.

— Eu?

— Aham.

— Não sei se eles vão me ouvir. Eles acham que sou uma bocó.

— Quem acha isso? — perguntou a sra. Sunrye, franzindo a testa.

— Todos do primeiro escalão.

— O quê? Como assim eles acham que a minha Surim é bocó? Olha, quer saber? Não vou alugar nada pra eles!

— Não, não, por favor!

Segurei o braço da sra. Sunrye. As coisas que deixávamos de dizer para o bem uma da outra estavam só atrapalhando, tanto a nós duas quanto ao primeiro escalão.

— Senhora Sunrye, o que o primeiro escalão precisa fazer agora?

— Primeiro, eles precisam planejar como será a nova casa. Saber como será o espaço ajuda a organizar as coisas, pensar no que vai ser descartado e no que vai ficar, entender como será viver lá. Além disso, temos que assinar o contrato logo; vai que eu mudo de ideia.

— E depois?

— Solicitar orçamentos das empresas de mudança. Marcar o dia da mudança. Dependendo do dia, o preço varia muito. Se cair em um dia "sem maus presságios", pode ficar caríssimo. Os móveis e itens que não podem trazer devem ser vendidos. O que não conseguirem vender, é só doar. Estamos em uma situação em que até o valor do saco de lixo precisa ser economizado.

— É verdade — respondi, suspirando.

Segurei a trena com a mão esquerda e puxei a fita com a direita, soltando-a em seguida. A trena da sra. Sunrye era grande e robusta, e, de certa maneira, me parecia um símbolo de "maturidade".

— Senhora Sunrye, essa trena foi o vovô que te deu?
— Foi.
— Por que ele não deu pra minha mãe?
— Isso eu não sei.
— O vovô te deu essa trena do nada?
— Não, fui eu quem pedi pra ele me dar de presente de Natal.
— Ah, entendi.

Continuei puxando e soltando a fita por um tempo. Ver meu sonho de morar no 402 com a sra. Sunrye se desfazendo me deixava um pouco triste. Assim como ter que pegar algo do vovô para medir o espaço onde ele viveu. Ainda segurando a trena, me levantei.

— Senhora Sunrye, vou devolver a trena assim que terminarmos a mudança. Quero que o primeiro escalão também possa usá-la.
— Sim, mas não se esqueça de devolver. Foi um presente do meu último namorado. Bem, pelo menos por enquanto, né?
— Como assim? Você pretende namorar de novo?
— Quem sabe?

A sra. Sunrye sorriu. Sorri de volta.

— Senhora Sunrye, nunca vou esquecer sua generosidade. Mesmo que o primeiro escalão esqueça, eu não vou.

Abracei a sra. Sunrye com força. Ela estava mais magra; perdeu peso desde que o vovô faleceu.

— Que isso! Entre nós, não precisa disso!

Eu e a sra. Sunrye somos "nós". E, por isso, não importa o que aconteça, não me deixarei abalar.

— Podem vir ainda hoje pra assinar o contrato, se quiser.
— Combinado!

Pela primeira vez desde a morte do vovô, desci pelas escadas. Medir o espaço do 201 com a trena, apresentar as regras de convivência da Casa Sunrye, buscar orçamentos de empresas de mudança, escolher um dia mais barato, vender móveis em sites de segunda mão, vender livros em sebos on-line, limpar o 201… As tarefas foram se desenrolando diante de mim, como a fita que eu puxava e soltava sem parar.

Parte 2

Comprei dois quilos de arroz e fui encontrar o primeiro escalão. É fato que, quanto menor a embalagem, mais caro o preço por quilo, mas, como dinheiro era a prioridade, optei por um pacote menor. Mesmo sem precisar pagar o depósito caução da sra. Sunrye, ainda temos as dívidas do cartão de crédito, os gastos com a mudança e as contas atrasadas, ou seja, nossa situação financeira continua preocupante.

— Boa tarde! — cumprimentei a senhora que estava limpando a frente do apartamento 1504.

— E aí? Ai, que calor, hein? Caramba! — disse ela, enxugando o suor com uma toalha.

A senhora mora em Geobukdong, no prédio Blue Villa, na viela ao lado da Casa Sunrye. É cliente fiel do Jo Eunyoung Hair. Os moradores da Casa Sunrye a chamam de "mãe da Hyemi".

— Ah, Surim, sinto muito pelo que aconteceu. O que vocês vão fazer agora?

— *Hã?*

— Ouvi dizer que o apartamento do seu avô foi pra leilão.

— Ah, sim...

— E como anda a sua mãe, com aquele nariz todo empinado, hein?

A mãe da Hyemi já teve sérios problemas por causa da minha mãe. Uma vez, minha mãe fez um verdadeiro escândalo, exigindo que ela fosse demitida. No bloco 103, há pessoas que jogam bitucas de cigarro nos corredores, derrubam restos de comida pelo caminho ou derramam sorvete e não limpam. Certo dia, a mãe da Hyemi perdeu a paciência e chamou a atenção da Oh Mirim, que estava deixando pingar sorvete pelo chão. Mirim foi direto contar para nossa mãe, que logo quis armar um barraco na sala do síndico. No final, a senhora acabou se desculpando por ter sido rude. Foi uma situação completamente absurda.

— Para onde vocês vão se mudar? — perguntou a senhora.

— Talvez para Geobukdong.

— Já assinaram o contrato?

— Acho que vamos assinar em breve.

— Desprezaram tanto as vilas, e agora vão morar entre nós, né? — disse ela, subindo e limpando o corrimão da escada com um pano. — Boa sorte na mudança.

A mãe da Hyemi acenou, se despedindo. Do lado de dentro do apartamento, ainda consegui ouvir o canto alegre dela.

"Enquanto continuarmos vivendo, dias melhores virão."

Os dias melhores enfim chegaram: os inquilinos problemáticos estavam indo embora. E, ironicamente, eles se mudariam para a mesma região onde ela vive, um lugar muito mais pobre.

No apartamento, Oh Mirim estava sozinha e deitada no sofá com os olhos inchados, talvez de tanto chorar. Coloquei o saco de arroz e a planta baixa do apartamento 201 sobre a mesa de jantar.

— A mãe não tá em casa? Que milagre.
— Ela saiu com o papai pra procurar apartamento.
— Já acharam algum?
— Parece que eles foram pra Chainri.

Chainri fica em uma área afastada da cidade. Para chegar lá, é preciso pegar um ônibus próximo ao cruzamento principal de Geobuk. Entre campos agrícolas, armazéns e fábricas, há casas antigas e pequenos conjuntos residenciais. Geralmente, quem gasta até o último centavo em Geobukdong acaba se mudando para Chainri, pois, como o transporte público do local é muito precário, os aluguéis são mais baratos.

De Chainri ainda é possível ir de ônibus até a Escola Geobuk; logo, presumi que minha mãe estava procurando casas por lá para que Oh Mirim pudesse continuar o ensino médio na mesma escola. Na noite anterior, ela comentou, preocupada, que transferir Mirim de escola naquele momento poderia prejudicar suas chances de entrar na universidade. No fim das contas, o que conseguiu tirar minha mãe de casa — a mulher que dizia não suportar a luz do sol de tanta raiva — foi o desempenho acadêmico da Oh Mirim.

Peguei a planta baixa do apartamento 201 e fui para o quarto, sem chamar atenção. Achei melhor esperar um pouco antes de compartilhar a notícia de que o "bote salva-vidas", conhecido como a Casa Sunrye, estava tão perto.

Não conseguem nem mesmo alugar um estúdio em Geobukdong, que tanto desprezam... Continuem procurando por aí, talvez assim entendam o valor da generosidade da sra. Sunrye.

Senti um prazer quase cruel diante do desespero do primeiro escalão. Era como assistir à queda de um vilão em uma história dramática.

— Oh Surim, o que é isso? Você é Jekyll e Hyde? Há poucas horas, você estava aliviada por ter conseguido salvá-los... — murmurei para mim mesma, baixo o suficiente para Oh Mirim não escutar.

Em seguida, comecei a listar, um por um, os itens que poderiam ser vendidos na internet: a esteira, o piano, o sofá, a mesa de jantar, uma cama de cada quarto... Pesquisei os preços de mercado e soltei um suspiro. Com exceção do piano, nada valia muito. Mesmo depois dos 427.3 milhões de won que vovô deu e pagou pelas despesas da minha criação; sobrou pouco dinheiro para vivermos.

Além de gastar uma quantia considerável com aulas particulares para Oh Mirim, minha mãe nunca trabalhou fora, pois acreditava firmemente que "só uma dona de casa em tempo integral consegue cuidar de forma adequada da educação, da saúde e do caráter de um filho". Como consequência, o caráter de Oh Mirim é um completo desastre.

Ainda assim, é verdade que ser dona de casa a mantém muito ocupada. Meu pai e Mirim não movem um dedo para ajudar com as tarefas domésticas. Além da minha mãe, eu sou a única que coloca as próprias roupas no cesto, lava os próprios sapatos, acorda sozinha, lava a louça depois de comer e arruma o quarto.

Minha mãe é muito perfeccionista. Ela varre, esfrega, lava, passa, cozinha, guarda, organiza e faz o mercado... tudo sozinha. Até mesmo acordar meu pai e minha irmã e garantir que eles cumpram suas rotinas é tarefa dela. Minha mãe é como uma rainha e, paradoxalmente, uma empregada. Meu pai e Mirim, por sua vez, são como um príncipe e uma princesa que obedecem às ordens da rainha, mas também dão comandos à empregada para fazer tudo por eles.

Eu me deitei na cama. A chuva tinha passado, e uma neblina densa subia pela encosta da montanha Geobuk. A única coisa de que ainda gostava no Wonder Grandium era o meu quarto. Foi triste pensar que perderia o único espaço que era só meu e que precisaria vender todos os móveis.

— Oh Surim, vamos encarar a realidade: seus pais são imaturos — murmurei para mim mesma. — Além disso, vocês estão bem pobres agora.

Logo me levantei. Não podia ficar parada sabendo que teria que levar meus pais imaturos e Oh Mirim para a Casa Sunrye.

Lavei o arroz e coloquei para cozinhar. Peguei um pote de *kimchi* fermentado de dentro da geladeira de *kimchi*. Provavelmente, seria melhor vendê-la também, já que minha tia não enviaria mais *kimchi*, e não teríamos espaço para ela na nova casa. Depois, peguei o óleo de gergelim e, do fundo do congelador, tirei as anchovas. Com esses três ingredientes, preparei um ensopado de *kimchi*, um dos pratos que a sra. Sunrye costumava fazer em dez minutos.

— Ei, o que você acha que tá fazendo com essas panelas aí? Que barulheira! — gritou Oh Mirim.

— Não temos dinheiro pra pedir comida. E quem você pensa que é pra falar assim? Não sabe nem ligar o fogão… — retruquei, aproximando meu rosto do dela.

Oh Mirim se afundou no sofá e começou a chorar. Voltei para a cozinha; se o ensopado transbordasse, eu teria que limpar o fogão e a panela.

— Você fez comida? — perguntou meu pai, entrando sem fazer barulho na cozinha.

O cabelo dele estava encharcado de suor e todo grudado no couro cabeludo, deixando a calvície à mostra.

Minha mãe se deitou no sofá, virada para o lado oposto de Mirim. O sofá de couro sintético ainda estava em bom estado. Talvez conseguíssemos vendê-lo por alguns milhares de won.

— Querida, a nossa Surim já sabe cozinhar. O ensopado está uma delícia. Vamos comer e recuperar nossas forças. Lembre-se, querida, você é uma mulher incrível que não se deixa abalar — afirmou meu pai.

Não é possível… "mulher incrível que não se deixa abalar"? Isso é ridículo.

— Está bem… querido — choramingou minha mãe enquanto se levantava.

Meus pais falam formalmente um com o outro. Dizem que é para manter o respeito. Eles, de fato, demonstram respeito entre si, mas, quando chega a vez de respeitar os outros, são muito grosseiros — uma maravilha de se ver.

O primeiro escalão tomou todo o ensopado que fiz. Não sobrou nem uma gota. Depois da refeição, minha mãe e Oh Mirim voltaram a se deitar no sofá. Meu pai pegou duas cadeiras da mesa de jantar e as colocou na frente delas. Ele empurrou uma das cadeiras na minha direção, indicando que eu me sentasse. Assim que me sentei, ele começou a falar.

— Consegui um dinheiro com um trabalho extra em uma editora. Vamos usá-lo para alugar um apartamento em Chainri, são dois quartos no porão. Mas o adiantamento do aluguel é de um milhão de won, e o aluguel mensal é de quinhentos mil won. Sei que é muito injusto, principalmente se pensarmos no golpe da energia solar, mas vamos superar essa juntos!

Assim que meu pai terminou de falar, Oh Mirim se levantou.

— Como vamos viver lá? Só de imaginar os outros alunos da escola descobrindo que estou pegando ônibus pra Chainri…. Ai, que vergonha!

— *Aahh*, aqueles golpistas — lamentou minha mãe enquanto abraçava Oh Mirim.

Era como se estivessem em um transe coletivo, convencendo a si mesmos de que eram apenas vítimas de um golpe, enganados quando tentaram investir seu próprio dinheiro.

— Vocês já assinaram o pré-contrato? — perguntei.

— Como você sabe o que é um pré-contrato?

— Quanto deram de sinal?

— Cem mil won.

— Se puderem pegar de volta, peguem. Se não, já era.
— O quê?

Fui para o meu quarto e trouxe a planta baixa do apartamento 201, voltando a me sentar logo em seguida.

— Esse é o apartamento 201, na Casa Sunrye, onde o vovô morava. É um lugar com dois quartos e 46 metros quadrados. O depósito caução médio do bairro é sessenta milhões de won e o aluguel é trezentos mil won por mês. Se o depósito diminui, o aluguel aumenta. O vovô pagava os trezentos mil de aluguel e deu vinte milhões de adiantamento. Como vocês já sabem, o valor do depósito foi usado para pagar as dívidas dele. Expliquei a nossa situação para a sra. Sunrye e ela concordou em nos alugar por dois anos, sem depósito, pagando o mesmo valor de aluguel do vovô. Teremos acesso gratuito ao Wi-Fi e à área comum no terraço. As regras do condomínio são bem rígidas, precisaremos pagar vinte mil won pela limpeza das escadas e separar corretamente o lixo. Também teremos que tomar cuidado para não fazer barulho. Se tivermos muitos problemas com o lixo ou com o barulho, será mais difícil renovar o contrato. E, claro, só poderemos morar lá sem depósito por dois anos. Durante o período do contrato, podemos sair a qualquer momento, porque o apartamento é muito disputado. É tão disputado que quem quer morar lá precisa entrar em uma lista de espera, e estamos furando a fila. Saibam que a sra. Sunrye está assumindo um grande risco de ser criticada por nos ajudar.

Eles ficaram em silêncio, me observando com atenção. Era a primeira vez que todos me olhavam assim, prestando atenção a cada palavra que eu dizia. Também era a primeira vez que eu falava tanto na frente deles. Minha mãe se levantou e veio até mim.

— Você não está brincando, né?

— Você acha que eu brincaria em uma hora dessas?

— Vou seguir todas as regras direitinho — respondeu minha mãe enquanto pegava minha mão.

— Surim, obrigada. Saímos dessa graças a você. Comparada ao lugar em Chainri, a Casa Sunrye é um palácio — disse meu pai, segurando o choro.

— Então eu não vou precisar pegar ônibus pra ir pra escola? — perguntou Oh Mirim.

— Não vai, minha querida. Minha Mirim sofreu muito, né? Sabe, sendo sincera, nós sempre nos preocupamos e cuidamos uns dos outros e, sendo mais sincera ainda, é por isso que encontramos uma saída, mesmo depois de sermos enganados — disse minha mãe, dando tapinhas suaves nas costas da Oh Mirim.

Aquilo não estava certo...

Eu precisava esclarecer algumas coisas antes de levar aquelas pessoas problemáticas para a Casa Sunrye.

— Vocês sabem que a sra. Sunrye me criou sem cobrar nada, certo?

Minha mãe parou de dar tapinhas nas costas de Mirim e desviou o olhar, sem responder. Pensei em mencionar a "caderneta do vovô", mas decidi guardar esse trunfo para uma situação mais grave.

— Pai, você sabe disso ou não?

— Sei.

— Você tem ideia de quanto custa cuidar de uma criança vinte e quatro horas por dia? E ainda mais por sete anos inteiros? A sra. Sunrye cuidou de mim por todo esse tempo.

Meu pai abaixou a cabeça.

— Eu sou a pessoa mais próxima da sra. Sunrye. Se começarem a falar bobagens, como acusá-la de ter usado o dinheiro do vovô ou coisa do tipo, vou contar tudo pra ela.

— ...

— Sejam gratos a ela — complementei.

— Entendido — respondeu meu pai.

Minha mãe, no entanto, permaneceu em silêncio.

— Mãe, você sabe muito bem que a Sra. Sunrye não morava com o vovô, né?

— ...

— Você sabe ou não sabe?

— Sei.

— E, mesmo sabendo, você a chamava de "a amante"... Não deixou eles se casarem e, apesar de eles morarem separados, continuou usando esse termo depreciativo.

— Ah, sendo sincera, eles até viajavam juntos... E, olha, sendo mais sincera ainda, a palavra "amante" tem um significado tão ruim assim?

— Você dizia no pior sentido possível, e eu sei disso.

— ...

— Se continuar falando desse jeito sobre a sra. Sunrye, vou contar tudo pra ela. Ela deve ter perdido o bom senso pra deixar que pessoas como vocês alugassem um apartamento sem nem cobrar o depósito caução.

— Não vou mais falar assim — disse minha mãe, com a cabeça baixa.

— Quando conseguirem juntar dinheiro, vão pagar pelo menos parte do depósito, certo?

— Sim, sim — respondeu meu pai.

— Vou acreditar na palavra de vocês, afinal, são pessoas esclarecidas.

— Ah, sim, claro.

Na verdade, eu não acreditava neles e muito menos os via como pessoas esclarecidas.

— Mas, Surim, desde quando você fala tão bem? E ainda sabe cozinhar? — perguntou meu pai.

— Desde sempre.

— Ah, então sempre foi assim.

— Só nesta casa que me consideram bocó.

— ...

— Não temos muito tempo. Precisamos anunciar os móveis na internet o quanto antes. Pai, Mirim, entrem em sites de sebos e coloquem os livros à venda. Aqui está a planta baixa do 201. Se repararem bem, vão ver que a pia da cozinha de lá é bem menor, então vendam todos os utensílios que não forem essenciais e que possam dar algum dinheiro. O que não conseguirmos vender, vamos doar. Estamos numa situação em que até o valor do saco de lixo precisa ser economizado. Se a mudança coincidir com um dia "sem maus presságios", os custos vão ser caríssimos. Precisamos diminuir a quantidade de coisas o mais rápido possível, pedir orçamentos de empresas de mudança e marcar a data. Seria demais pedirmos para trocarem o papel de parede, ainda mais porque não estamos pagando o adiantamento, mas a sra. Sunrye disse que vai cuidar disso para nós. Como o vovô cuidava bem da casa, ela está em bom estado. A faxina antes da mudança custaria dez mil won por metro quadrado, totalizando 140 mil won. Mas isso eu vou fazendo aos poucos, sempre que tiver tempo. Com a situação do cartão de crédito, não podemos gastar tudo isso com limpeza. Esta trena é da sra. Sunrye. Ela me emprestou, mas foi um presente de Natal pelo qual tem muito apreço, então usem com cuidado e devolvam, ok? Meçam tudo com precisão e não levem nada na base do "deve caber", porque é bem provável que não caiba.

Os membros do primeiro escalão me fitaram surpresos.

— Surim, onde você aprendeu tudo isso? — perguntou meu pai.

Eu estava prestes a responder "Geobukdong", mas decidi provocar minha mãe um pouco.

— Nos prediozinhos das vilas.

Faltam apenas cinco dias para a mudança, e este é nosso último domingo no Wonder Grandium. Meus pais saíram para vender a câmera. Foram encontrar o comprador que prometeu pagar vinte mil won a mais se eles pegassem o metrô e fizessem o trajeto de duas horas para entregá-la em mãos. Minha mãe insistiu até o último segundo em não vender a câmera, dizendo que queria tentar a sorte e começar uma carreira como fotógrafa profissional para ganhar dinheiro. Foi a primeira vez que a ouvi falar em "ganhar dinheiro", o que me deu até uma pontinha de esperança, embora eu não acreditasse muito que minha mãe fosse levar aquilo a sério de verdade. Mas ela acabou colocando a câmera à venda em um site de objetos usados dois dias atrás, já que não conseguimos dinheiro para pagar a empresa de mudanças.

Oh Mirim está deitada no espaço vazio onde antes ficava o sofá. Com uma toalha grande nas mãos, ela enxuga as próprias lágrimas. A alegria do primeiro escalão por terem sido "resgatados" para o apartamento 201 da Casa Sunrye não durou muito. Todos estão em completo desespero diante da realidade de deixar o Wonder Grandium. A mais afetada é Oh Mirim, que, de repente, começou a rezar, implorando a Deus que os ajude a recuperar o dinheiro perdido no golpe e que convença nossas tias a mudar de ideia.

— Você não tem nada pra reciclar? — perguntei enquanto separava o lixo.

No Wonder Grandium, só era permitido descartar materiais recicláveis aos domingos e, se o não fizéssemos naquele dia, seria um problema na hora da mudança.

— Estou triste demais para me mexer.

— Mesmo triste, você ainda vai ao banheiro, não?

— Você não tá vendo que estou triste demais pra fazer qualquer coisa?

— Você acha de verdade que não vai precisar se mudar só porque está triste? Ainda tem que empacotar suas coisas.

— Ei! Você tem algum distúrbio, por acaso? Uma hora tá apática, na outra cheia de energia — respondeu Oh Mirim, jogando a toalha em direção ao meu rosto.

O pano caiu antes de me acertar, mal tocando meus pés.

Meu Deus, como é que vou dividir o quarto com ela?

Estava preocupada com o que aconteceria dali a cinco dias. A sra. Sunrye fora clara: não me deixaria ficar no 402. Segundo ela, o 201 era a minha casa.

— Oh Surim, para de se exibir. A gente faliu, e você tá aí, toda animada?! — reclamou Mirim.

Ela estava certa. Nunca tinha me sentido tão cheia de vida no Wonder Grandium quanto naquele momento.

Quando vivíamos no conforto do vovô, vocês não faziam ideia do meu valor.

Eu não era mais a bocó do bloco 103, apartamento 1504, do Wonder Grandium. Agora, era como uma arremessadora brilhante entrando no final de um jogo que os titulares quase arruinaram.

— Você não tá nem um pouco triste? A gente faliu e você não sente nem um pingo de vergonha! — gritou minha irmã.

— Oh Mirim.

— O quê?

— Eu também tô triste. E com vergonha.

Saí do apartamento com as sacolas de lixo reciclável. O primeiro escalão não faz ideia, mas eu estou bem triste também. Triste pela morte do vovô, triste pelos 427.3 milhões de won que ele perdeu e triste por ver que o vovô, que trabalhou duro até o último segundo de sua vida, agora é tratado apenas como um tolo que caiu em um golpe. O que me envergonha não é nossa pobreza, mas, sim, o fato de ter que levar o primeiro escalão para morar na Casa Sunrye comigo.

A quantidade de plástico e isopor que os moradores do Wonder Grandium descartam toda semana é absurda. Muitos nem se preocupam em lavar as embalagens de comida antes de jogá-las fora. Se alguém fosse pego fazendo isso na Casa Sunrye, poderia até perder o direito à renovação do contrato. E ainda teria que ouvir a sra. Sunrye dizendo:

— Eu até tolero atrasos no aluguel, mas não aceito, de jeito nenhum, que não separem o lixo direito!

Eu não queria voltar para o apartamento, então decidi ir até a Casa Sunrye.

Há duas maneiras de chegar lá saindo do Wonder Grandium: atravessando o Mercadão Tradicional de Geobuk pela entrada dos fundos ou indo pela entrada principal e passando pelo cruzamento Geobuk. O segundo é cerca de dez minutos mais rápido, mas sempre prefiro o primeiro. Quando saio do Wonder Grandium me sentindo apática, caminhar pelas vielas do mercado parece me devolver um pouco de energia. Um passeio pelo mercado, com a Casa Sunrye me aguardando no fim do caminho, costuma me renovar, animada com a perspectiva de um abraço da sra. Sunrye, que estaria me esperando. Naquele momento me dei conta de que, como não tenho amigos próximos no Wonder Grandium, não tenho mais motivos para passar pela porta dos fundos do mercadão depois da mudança.

Ao chegar no cruzamento, virei e olhei para o prédio que tinha acabado de deixar para trás. Para o primeiro escalão, o Wonder Grandium era como um castelo: eles olhavam com desdém para todos que viviam fora de seus muros e julgavam suas vidas como bem entendiam. Eu, por outro lado, aprendi sobre a vida além dos muros, entrando e saindo pela porta dos fundos. Nunca me senti a única adulta naquela casa, ao contrário do que a sra. Sunrye disse. Mas, talvez, no final das contas, eu seja a única que não teme a vida fora do castelo.

Passei pelo 402 e fui para o terraço. Jinha estava lá sozinha. O jardim estava repleto de flores que a sra. Sunrye amava:

flores de cebolinha, árvore-de-júpiter, sálvias, cravo-amarelo e lírios alaranjados, todas desabrochando.

— Estudando? — perguntei.

— Sim, tô adiantando algumas matérias do segundo semestre. Tenho um pouco de dificuldade em inglês.

Jinha é muito boa nos estudos. Ela se preocupa bastante com as mudanças climáticas, assim como a sra. Sunrye, e sonha em se tornar engenheira ambiental. Inclusive, foi graças à Jinha que conheci Greta Thunberg.

— Surim, quer tomate? Minha mãe deixou alguns na geladeira.

— Ah, quero sim!

Quando sobra comida na Casa Sunrye, os moradores costumam deixar pratos na geladeira da cobertura para quem quiser pegar. Lá, qualquer um pode comer à vontade, sem precisar pedir permissão.

— Trocaram o papel de parede do 201 ontem — comentou Jinha, fechando o livro de inglês.

Ela não parecia saber que o primeiro escalão estava prestes a se mudar para o 201. *Como vou contar isso para ela?* Fiquei sem saber o que fazer. Jinha não gostava da minha mãe, uma antipatia que ela já nutria muito antes da fatídica entrevista. Minha mãe magoou bastante a Jinha.

— Ah, trocaram?

— Sim. Vou dar mais uma arrumada no 201 hoje. Ontem meu irmão e eu fomos apertar os parafusos soltos da pia. Aí percebi que a tomada do banheiro precisava ser trocada também, então já encomendei.

— Seu irmão ajudou também?

— Sim, ele foi como meu assistente.

Byoungha — o irmão da Jinha — tem 18 anos e também é filho da sra. Jo, a dona do salão de beleza. Eu, Jinha e Byoungha adorávamos seguir o vovô e assistir enquanto ele consertava coisas. À medida que fomos crescendo, começamos a ajudá-lo com pequenas tarefas. Já consertamos muitas coisas por conta própria. A mais habilidosa de nós é a Jinha: ela troca maçanetas, tomadas, lâmpadas e até fechaduras digitais em um piscar de olhos.

— Você vai ajudar com a reforma mesmo se não gostar dos inquilinos? — perguntei, com medo de que ela mudasse de ideia ao saber quem eram os novos moradores.

— E quem disse que o apartamento é deles? Não, o apartamento é da nossa sra. Sunrye, não dos inquilinos. — Jinha deu de ombros e sorriu. — As pessoas da vila não param de perguntar pra minha mãe quem é o próximo da lista de espera, sendo que só a sra. Sunrye sabe… Me diz uma coisa: você, como confidente dela, não sabe quem vai se mudar para lá?

— Então… é…

— Quem é?

— Bem… é que…

Não consegui terminar a frase.

— Tem macarrão instantâneo na despensa? — perguntou o Doutor, que tinha acabado de chegar na cobertura.

Jinha abriu a geladeira e os armários.

— Claro que tem. E tem *kimchi* também.

A sra. Sunrye nunca deixa faltar macarrão instantâneo na cobertura, e o *kimchi* quase sempre é por conta da sra. Gildong. O *kimchi* dela é espetacular. Sem dúvida, o melhor que já provei.

— Fiz uma entrega cedinho e depois tirei um cochilo. Agora tenho que fazer a faxina para a mudança do 201. A Casa Sunrye é minha casa, mas também é meu local de trabalho — disse o Doutor enquanto colocava a água para ferver.

— Mas eu ia fazer a faxina do 201... — protestei.

A sra. Sunrye é realmente ingênua. Ela já está alugando um apartamento de 46 metros quadrados por um preço quase simbólico, e ainda paga pela reforma e pela faxina.

— Surim, esse tipo de faxina exige um treinamento especializado, além de ferramentas e produtos próprios. Por favor, não tente fazer meu trabalho por mim.

— Não é isso, é que fico com peso na consciência de deixar isso para a sra. Sunrye.

— Peso na consciência por quê? — interrompeu Jinha.

— Surim, faxina é meu território. Deixa comigo. — O Doutor tinha uma expressão séria e me lançava olhares discretos, como se quisesse dizer algo mais. — Então, ouvi dizer que seu pai trabalha como professor temporário?

— É, sim.

— A Casa Sunrye é minha casa e meu local de trabalho. Você, como a pessoa mais próxima da sra. Sunrye, não pode passar tarefas como a limpeza das escadas ou a faxina pro seu pai. Estamos entendidos?

— Tudo bem.

Entendi por que o Doutor estava com uma expressão tão séria. A sra. Sunrye deve ter comentado sobre os novos moradores do 201 quando foi pedir ajuda com a faxina. Ele está preocupado que o meu pai, como professor temporário, ocupe o lugar dele. A sra. Sunrye tem razão quando diz que as pessoas tendem a imaginar os outros como reflexos de si mesmas. O Doutor, que faz entregas cedinho e cuida da limpeza das escadas, jamais imaginaria que o meu pai é alguém que só recebe entregas e não arruma nem o próprio quarto.

— Do que vocês estão falando? — perguntou Jinha, alternando o olhar entre mim e o Doutor.

— Na verdade, Jinha…

— O quê? O que só eu não sei?

— É que… os novos moradores do 201 são o primeiro escalão. Desculpa não ter te contado antes.

Jinha ficou paralisada por uns trinta segundos, com a boca entreaberta, antes de abaixar a cabeça. Com muita calma, pegou alguns tomates e começou a polvilhar açúcar sobre eles. Diferente dos *k-dramas*, em que personagens deixam pratos cair ou desabam no chão em choque, Jinha não derrubou nem um único grão de açúcar.

— Você prometeu, hein? Não vai deixar seu pai pegar o meu trabalho, tá? — reforçou o Doutor enquanto esperava a água do macarrão instantâneo ferver.

Jinha permaneceu em silêncio. Não disse uma palavra, nem me ofereceu um dos tomates, apenas começou a comê-los sozinha.

— Não se preocupe. Mas… seria ótimo se o meu pai realmente quisesse o seu trabalho. Depois de conhecer os novos moradores do 201, tenho certeza de que sua preocupação vai desaparecer — falei enquanto observava Jinha.

Ela se levantou, pegou outro garfo e me entregou. Peguei o talher e espetei um tomate com cuidado.

— Surim, me desculpa, mas… será que eu posso me vingar? — perguntou Jinha, enfim.

— *Hã?*

— Da sua mãe. Lembra quando éramos pequenas e brincávamos no parquinho do seu prédio? Ela reclamou de mim, perguntando: "Por que uma criança da vila está brincando aqui?". E ainda falou que os gatos de rua e as crianças da vila estavam causando confusão demais no condomínio. Agora que ela vai se mudar para cá, estou com vontade de provocá-la um pouco.

— ...

Fiquei sem reação. Não tive coragem de levantar a cabeça. Foi então que, de repente, me ocorreu que talvez o universo fosse comandado por uma divindade muito justa. Uma divindade que, naquele momento, parecia estar concedendo a Jinha a chance perfeita de se vingar da minha mãe.

— Surim, você está aqui! Anda muito ocupada com os preparativos da mudança? — perguntou a sra. Gildong, entrando na cobertura.

— Ah, a senhora sabe?

— Sim, a Sunrye me contou. É um pouco estranho ouvir que você está se mudando para cá. Você já era a nossa Surim, parte da família da Casa Sunrye.

— Pois é, pra mim também é um pouco estranho.

— Não sei se a sua família vai conseguir se adaptar aqui, ainda mais depois de viverem tanto tempo no condomínio.

— …

— Você, pelo menos, cresceu aqui e o 402 é praticamente sua casa… Mas, para o resto da sua família, vai ser difícil. Ainda mais agora que, com a morte do seu avô, eles não têm mais em quem se apoiar.

— …

Desde que decidimos, de fato, nos mudar, minha preocupação só aumenta. Será que o primeiro escalão vai conseguir se adaptar à Casa Sunrye? Tudo bem se não se aproximarem dos outros moradores. No condomínio, também só trocávamos cumprimentos rápidos com os vizinhos da frente. O que me preocupa de verdade são os conflitos. E se eles forem rudes e causarem confusão? E se destruírem a harmonia da Casa Sunrye? E se acabarem magoando a sra. Sunrye? Essas preocupações não saem da minha cabeça de jeito nenhum.

— Inclusive, Doutor, eu estava te procurando! Preciso conversar com você — disse a sra. Gildong.

— Pode falar.

— Como estamos no período de férias, você não está sendo pago, né?

— Isso mesmo.

— Como é que as faculdades contratam pessoas e não pagam salário durante as férias? Nem oferecem plano de saúde. Não é como se você estivesse de bobeira. Até eu, trabalhando meio período como cuidadora de idosos, tenho direito a benefícios. Tudo bem que o salário é baixo e o trabalho é puxado, mas ainda assim!

— Pois é.

Nos últimos dezessete anos, meu pai também não recebeu salário durante as férias. Até o falecimento do meu avô, ele viveu como dependente, e faz pouco tempo que começou a viver sem depender de ninguém.

— Doutor, você não quer tentar uma vaga de meio período para trabalhar fazendo *kimbap* bem cedinho? É menos cansativo do que ir até o depósito fazer entregas, e o salário é quase igual.

— Mas eu nunca fiz *kimbap* antes.

— Não tem problema. Com prática, tudo dá certo.

— Será que eu consigo mesmo?

— Claro que sim! Você vai pegar o jeito. Vai comendo enquanto eu te explico, senão o macarrão vai esfriar.

— Certo.

A vaga mencionada pela sra. Gildong era na lanchonete Geobuk. Os *kimbaps* de lá ficaram tão populares que pedidos grandes estavam se tornando cada vez mais frequentes. O dono viu nisso uma oportunidade e decidiu entrar de cabeça no mercado de entrega de *kimbaps* pela manhã. Ele, inclusive, começou a divulgar mais nas redes sociais. Só faltava encontrar alguém para prepará-los cedinho nos dias de grande volume de pedidos, e alguém para lavar louça e fazer as entregas.

— A Sunrye recomendou você, Doutor, e disse que, com um pouco de prática, pegaria o jeito com os *kimbaps*.

— Obrigado. Vou me esforçar bastante para aprender direitinho. Posso até usar meu carro velho para as entregas. Estou mesmo precisando trabalhar mais, não passei no Programa de Apoio a Professores Temporários neste ano.

Eu já tinha ouvido falar do "Programa de Apoio a Professores Temporários" por meio do primeiro escalão. Meu pai, inclusive, foi selecionado por dois anos consecutivos, e o dinheiro foi usado para pagar cursinhos preparatórios e aulas particulares para minha irmã. Esse ano, no entanto, assim como o Doutor, meu pai também não foi aprovado. Além disso, com as mudanças na legislação para professores, ele perdeu o emprego em uma das escolas onde lecionava. Justo no ano em que mais precisamos de dinheiro...

— A propósito, Surim, seu pai também é professor, né? Ele recebe nas férias?

— Não.

— E o que ele faz nas férias?

— Ele escreve artigos, faz trabalhos para editoras… Eu não sei muito bem também. Não sou tão próxima dele.

— E sua mãe, conseguiu um emprego?

— Ainda não.

— Ah, é? Então seus pais também podiam ficar meio período na lanchonete Geobuk, né? Trabalhar perto de casa é sempre uma ótima opção.

Às vezes acho que os moradores da Casa Sunrye vivem no mundo da lua, de tão ingênuos. Eles superestimam o primeiro escalão, acreditam que são pessoas como eles: esforçadas e capazes de superar momentos difíceis sozinhas.

— Com licença, sra. Hong Gildong? — interrompeu o Doutor.

— O que foi?

— Geobukdong é minha casa e meu local de trabalho. A senhora sabe disso, certo?

A casa e o local de trabalho do Doutor se expandiram num piscar de olhos da Casa Sunrye para Geobukdong.

— O que que tem?

O Doutor pousou os talheres na mesa e, de forma enfática, disse:

— Senhora Hong Gildong, pela manhã, quando não estou lecionando, eu trabalho fazendo bicos. Sei que a senhora tem muito carinho pela Surim, mas, por favor, não ofereça meu ganha-pão aos pais dela.

— Não se preocupe, meu amigo. O dono da lanchonete não vai muito com a cara da mãe da Surim, de qualquer forma — respondeu a sra. Gildong.

— Como assim? — perguntou o Doutor, surpreso.

— Até pra Surim ele só oferece cortesia quando está com a Sunrye. Se ela vai com a própria família, aí é que ele não dá nem as sobras. Ele mesmo disse isso.

Não me surpreendia. Só de não jogarem sal em nós, já é um alívio. O dono da lanchonete também sabia muito bem do incidente envolvendo os gatos de rua e a Jinha. Talvez até os próprios gatos soubessem e, quem sabe, seus espíritos inquietos não estão vagando por Geobukdong, amaldiçoando minha mãe.

— Ei, Surim, minha mãe também disse que não vai fazer desconto — disse Jinha, mostrando a tela do celular.

> Mãe, sabia que o primeiro escalão vai morar no 201?

> Sim, fiquei sabendo ontem.

> Por que não me contou?

> Eu precisava pensar nisso sozinha.
> A Surim tá aí, né? Vi ela subindo agora há pouco.
> Fala que os descontos que dou só valem pra ela, que o primeiro escalão não tem desconto nenhum.

Os moradores da Casa Sunrye recebiam descontos no salão de beleza Jo Eunyoung Hair: dois mil won o corte, cinco mil won a tintura e dez mil won o permanente. Eu já esperava que isso não fosse valer para o primeiro escalão. A sra. Jo não gosta do meu pai. Certa vez, quando eu era pequena e ela estava cortando meu cabelo, ele perguntou em que ano a sra. Jo tinha se formado na faculdade. Essa era uma pergunta que ela detestava, ainda mais por ter concluído apenas o ensino médio. Eu queria que meus pais parassem de fazer isso. Eles perguntam o ano de formatura como se fosse algo tão essencial quanto a idade, mesmo quando não estão falando com ex-colegas de faculdade. A sra. Jo também não gostava da minha mãe. Elas já brigaram feio por causa do que minha mãe disse à Jinha no parquinho do condomínio. Com certo desconforto, lembrei que a sra. Jo disse: "Só não agarrei sua mãe pelos cabelos por consideração ao seu avô e a você, Surim".

— Bom, vou lá encontrar a sra. Sunrye — disse, me despedindo.

Saí da cobertura sentindo medo. Receio de que, por causa do primeiro escalão, eu também acabaria me afastando das pessoas de Geobukdong. Jinha, Byoungha, a sra. Jo, o Doutor, a sra. Gildong e seu marido, o dono da lanchonete… Não havia ninguém ali de quem eu gostaria de me afastar.

A sra. Sunrye estava assistindo à TV na sala. Era uma TV velha de tubo que o vovô já tinha consertado mil vezes.

— Surim, conforme a gente envelhece, fica difícil ler por muito tempo.

— Mesmo com a lupa?

Ela assentiu com a cabeça. O hobby da sra. Sunrye é ler. Ela costuma pegar livros emprestados na biblioteca do bairro, e seus favoritos são os didáticos. Todo ano, quando eu mudo de série, ela me pede os livros do ano anterior. Ela os lê várias vezes, mas só as partes de que gosta, claro. Quando eu perguntei o que tinha de tão divertido neles, ela respondeu que, quando você não precisa se preocupar em fazer uma prova, eles ficam muito mais interessantes. A sra. Sunrye tem algumas reclamações sobre os livros do ensino fundamental. Para ela, as letras são pequenas demais, e por isso precisa usar lupa. Sua leitura atual é o livro de língua coreana do primeiro semestre do sétimo ano.

— Senhora Sunrye, esse livro é legal?

— Sim. Quer que eu faça um *quiz* com você?

Os *quizzes* da sra. Sunrye costumavam ser bem sem graça.

— Claro.

Mas, mesmo assim, eu sempre aceitava fazê-los. Adorava vê-la toda animada enquanto fazia as perguntas.

— Você sabe quem é o príncipe do Reino da Elasticidade?

— Elasticidade tipo elástico, como aqueles de borracha?

— Isso.

— Tem isso nesse livro?

— Aham.

— Não faço ideia.

— O príncipe do Reino da Elasticidade é nada mais nada menos que... rufem os tambores... a bola!

— Quem disse isso?

— Um poeta. O nome dele é Jeong Hyon-jong.

Se na prova de língua coreana aparecesse uma questão de múltipla escolha como "Quem é o príncipe do Reino da Elasticidade?", talvez eu acertasse. Mas, claro, esse tipo de pergunta nunca aparece.

— Quer que eu faça um *quiz* de gramática também?
— Pode fazer.
— *Ahhhh*! *Ohhhh*! *Uhhh*! — exclamou a sra. Sunrye, mexendo as mãos.
— O que você tá fazendo?
— Sabe por que as interjeições são classificadas como palavras independentes?
— Eu sei que aprendi isso, mas não lembro.
— Vou te ensinar. Elas são palavras independentes porque são usadas de forma independente.
— Ahhh, faz sentido.
— Surim, você sabe que eu sou uma pessoa independente, né?
— Sim.
— Por isso, decidi que vou usar muitas palavras independentes. Quero viver uma vida cheia de exclamações. *Ahhh*, como eu gosto da minha Surim!

Ri baixinho, esquecendo por um instante dos problemas com a mudança do primeiro escalão. Talvez a sra. Sunrye fosse a pessoa que mais se divertia lendo livros didáticos em toda a Coreia do Sul.

— Ei, Surim, se eu comprar uma TV nova, dá pra assistir *Anne* na Netfi?
— Você quer uma TV pra assistir *Anne with an E* na Netflix?

— Isso, Netfi, esse negócio aí. Olha só, mesmo eu falando tudo errado, você entende direitinho. Que esperta!

— Se você comprar uma Smart TV, dá sim.

— Smart?

— Aham, uma Smart TV. Pense nela como uma TV com um computador embutido.

— Dá pra comprar usada também?

— Claro!

— Então procura uma dessas pra mim. A Jinha me colocou no plano da família dela na Netfi pra eu assistir de graça. Mas a tela do celular é pequena. Não dá pra ver direito — disse a sra. Sunrye, apontando para o aparelho.

— Vou ver com a Jinha pra procurarmos uma usada. Mas você vai ter que aprender a acessar a conta e pesquisar as coisas. Vai ser difícil no começo, mas você consegue, né?

— Claro que sim.

Ensinar a sra. Sunrye a usar novos aparelhos é sempre um desafio. Até o vovô ficava impaciente quando tentava ensinar algo para ela. Ela é muito leiga quando se trata de tecnologia.

— Senhora Sunrye, você vai mesmo ter paciência pra aprender, né?

— Sim, ainda que eu leve bronca, vou aprender pra ver *Anne*.

A sra. Sunrye é apaixonada por *Anne de Green Gables*. Tanto que, em vez de só pegar os livros emprestados, comprou a série inteira e já leu várias vezes. Até visitou a Ilha do Príncipe Eduardo, onde a história se passa. Inclusive, essa foi sua única viagem internacional e também a única que fez com o filho. O filho da sra. Sunrye tem 55 anos. Aos 27, ele imigrou para o Canadá, e administra um supermercado lá. Desde então, veio para a Coreia uma só vez, e a sra. Sunrye também foi para o Canadá apenas uma vez. Para mim, foi um período muito difícil, pois fiquei três semanas sem vê-la.

— Por que você não vai pro Canadá de novo? Seu filho te pediu pra visitá-lo, não pediu?

— Ele quer que você vá comigo.

— Por quê?

— Porque ele fica preocupado comigo viajando sozinha. Disse até que paga a sua passagem.

— Vamos, então?

— Não, obrigada. Viajar de avião polui demais o ar.

A sra. Sunrye viajou de avião três vezes na vida: uma para o Canadá e duas para a Ilha de Jeju. Combinamos de ir para Jeju no aniversário de 80 anos dela, mas não tenho certeza de que vamos conseguir; os joelhos dela estão cada vez mais fracos.

— Ah, Surim, criei uma nova regra de convivência. Avise ao primeiro escalão: está proibido perguntar sobre o ano em que alguém se formou na faculdade. Se me perguntarem, posso até responder dezesseis, mas é só isso.

— Dezesseis?

— Sim, eu era o número dezesseis da sexta série.

— Você ainda lembra o seu número de chamada?

— Claro que lembro. Precisei largar a escola nessa época porque minha família não tinha dinheiro para as mensalidades. E, enquanto trabalhava no campo, às vezes eu pensava: "A minha turma não tem mais o número dezesseis". Mas isso é passado, o que importa nesse momento é que você avise à sua família: na Casa Sunrye, os únicos que têm um ano de graduação são o Doutor e a Youngsun. Não vou tolerar que usem isso para machucar os outros, pode até prejudicar na renovação do contrato.

— Sim, pode deixar que aviso.

Deixei escapar um suspiro. Como seria viver lá com o primeiro escalão? Eu não era mais só uma jogadora substituta; naquele momento, parecia mais a treinadora do time, levando atletas amadores para competir em um campeonato profissional.

— Surim, essa é a última vez que falo com eles por meio de você, ok? Daqui pra frente, eu mesma resolvo as coisas. Mesmo que surja algum conflito entre mim e o primeiro escalão, não fique nervosa, entendeu?

Assenti com a cabeça.

— E isso também vale se surgirem problemas com os outros moradores, certo? Não tente assumir a responsabilidade sozinha.

— Certo.

— Surim, quem é a pessoa mais próxima de mim neste planeta inteiro? — perguntou a sra. Sunrye.

Ela já havia me perguntado aquilo mais de mil vezes.

— Oh Surim — respondi, exatamente como já fizera mais de mil vezes.

— E como é que você deve viver?

— Feliz — respondi, e senti um aperto bom no coração. *Como foi que encontrei a sra. Sunrye neste planeta imenso?* — Você também precisa ser feliz, sra. Sunrye. Não se estresse por causa do primeiro escalão.

— Não se preocupe. Fico grata por ter um lugar pra oferecer.

A sra. Sunrye costuma mostrar gratidão com frequência, algo raro para o primeiro escalão. Há uma frase famosa da qual a sra. Sunrye gosta: "Os turistas exigem, os peregrinos agradecem". Eu também quero ser uma peregrina. Mesmo que não consiga me tornar uma, não quero, em hipótese alguma, viver como uma turista.

Enfim nos mudamos. Oh Mirim arrumou sua mochila antes mesmo do caminhão de mudanças chegar ao apartamento.

— Vou estudar sozinha depois da aula. Venham me buscar mais tarde — disse ela, como se desse uma ordem.

Ela tem o hábito de agir como uma pequena tirana, e durante o período de provas, quando seu nervosismo atinge o auge, fica ainda pior. Meus pais não sabem como agir nessas horas, sempre com medo de que qualquer bronca prejudique as notas da filha se a contrariarem. Por isso, acabam tolerando tudo.

— Certo, certo. Não se preocupe! Mas não deixe de almoçar nem jantar, viu? — disse minha mãe, entregando dez mil won para Oh Mirim.

O quê? Dez mil won?!

Achei que fosse explodir de raiva. Eu me esforçava ao máximo para conseguir nem que fosse uma mixaria vendendo as coisas da casa, enquanto Oh Mirim recebia dinheiro assim, sem fazer nada. Ela nem se deu ao trabalho de vender seus livros na internet. Ficou dizendo que estava "triste demais" para desapegar deles e só choramingava.

— Minha querida Mirim, obrigado por não se deixar abalar e continuar estudando. Foque apenas nos estudos, ok? Nós vamos te buscar mais tarde — disse meu pai, dando um tapinha no ombro dela.

— Você tá brincando, né? Você é uma criancinha, pra não conseguir voltar pra casa sozinha? — perguntei, bloqueando o caminho dela.

— Surim, quieta! — exclamou minha mãe, me fulminando com o olhar.

— Oh Mirim, se você não se desfizer das suas coisas, eu mesma vou jogar fora tudo o que não couber no quarto — continuei.

— O quê?

— Acorda pra vida! Estamos falidos! Você acha mesmo que vai conseguir levar tudo isso?

Oh Mirim olhou alternadamente dos meus pais para mim, fazendo um bico. Como se pedisse em silêncio que eles me dessem uma bronca, igual a uma criança machucada no parquinho correndo para o responsável.

— Oh Surim! Sua irmã está tentando manter o foco nos estudos, por que você insiste em atrapalhar? Mirim, não se preocupe! A mamãe vai arrumar todas as suas coisas — interveio minha mãe, e lançou outro olhar fulminante na minha direção.

— Ah é? Então, arruma as minhas coisas também. Boa sorte com a mudança, pessoal. Ah, e não se esqueçam de me dar dez mil won, afinal, eu também não posso passar fome, né? Vejo vocês à noite — falei, calçando os sapatos e estendendo a mão à espera do dinheiro.

— Surim, o que você está fazendo? Como vamos fazer a mudança sem você? — perguntou meu pai, segurando meu braço.

Ele estava certo. Mesmo que conseguissem fazer a mudança sem Oh Mirim, sem Oh Surim era impossível.

No final, me dei por vencida e entrei em casa outra vez. Oh Mirim, por outro lado, saiu com a cabeça erguida, como se nada tivesse acontecido.

— A propósito, quem vai ajudar quando Oh Mirim sair de casa? Será que ela vai delegar a própria mudança também? — perguntei em voz alta, para que meus pais ouvissem.

Ninguém respondeu. Eles fingiram que estavam ocupados organizando as coisas.

— E quem vai levá-la pro trabalho depois? Vocês também vão fazer isso por ela? — perguntei ainda mais alto.

Enquanto Oh Mirim era mestre em descontar a própria irritação nos nossos pais, eu era mestre em provocar a deles.

— Ei! — gritou minha mãe.

Depois de irritá-la, me senti um pouco mais aliviada. A pergunta sobre como Oh Mirim lidaria com a própria mudança não foi só uma provocação. Eu queria saber de verdade. Às vezes, imagino Oh Mirim crescendo e se tornando uma adulta igual aos nossos pais. Meus pais tiveram parentes de quem podiam tirar vantagem, mas Oh Mirim não terá ninguém: nossos pais ficaram sem nada, e eu, sua única irmã, não permitirei que ela tire nada de mim.

— Pai, você lembra que não pode perguntar sobre o ano em que se formaram para os moradores, né? — perguntei para confirmar mais uma vez a regra com ele.

— Sim, você mencionou que a sogra também não fez.

Meu pai começou a chamar a sra. Sunrye de "sogra" faz alguns dias. Se ela ouvisse isso, ficaria furiosa. Eu nunca consegui nem chamá-la de "vovó".

— Eu não sou sua avó. Se me chamar de vovó, significaria que sou esposa do seu avô — disse ela certa vez, para deixar bem claro.

Por isso, o "sogra" do meu pai me incomodava profundamente, ainda mais porque foram meus pais que impediram que a sra. Sunrye se tornasse, de fato, uma sogra. A oposição deles não afetou a sra. Sunrye, que nunca teve intenção de se casar, mas o vovô, por outro lado, sofreu bastante com isso, porque queria convencê-la a se casar com ele. Embora ele nunca tivesse sido direto e dito algo como: "Minha filha e meu genro estão impedindo o casamento porque têm medo de que meu patrimônio vá parar nas suas mãos", não tinha como a sra. Sunrye não saber o que o vovô sentia. Ela sem dúvida sabia que meus pais se opunham ao casamento por causa de dinheiro.

— Aquela velha não é só alguém que não entrou na faculdade — disse minha mãe. Ela ainda se referia à sra. Sunrye como "aquela velha" ou "aquela mulher". Sua voz parecia ter ganhado vida pela primeira vez em algum tempo. — Nem o ensino fundamental terminou. Sabe, sendo sincera, ela deve ter algum complexo de inferioridade com pessoas instruídas como nós. Temos que tomar cuidado.

Meu pai assentiu com a cabeça ao ouvir minha mãe. Ri, incrédula. Era como se alguém que tivesse acabado de ser resgatado de um naufrágio se sentisse superior ao capitão do navio por causa do nível de escolaridade.

— Sabe, não estamos exatamente em posição de causar inveja, muito menos complexos de inferioridade em ninguém agora.

Eu quase disse, mas engoli as palavras que estavam na ponta da língua.

Levamos apenas três horas para empacotar o restante das coisas e carregá-las no caminhão. Às onze horas da manhã, os funcionários da mudança foram almoçar e combinamos de seguir para a Casa Sunrye logo em seguida. Minha mãe passou um bom tempo acariciando diferentes partes da casa e chorando.

— Quando eu me tornar professor titular, pegamos um empréstimo e compramos este lugar de novo. Vamos aguentar só mais um pouquinho, tudo bem, querida? — disse meu pai.

— Tudo bem — respondeu minha mãe e se aninhou nos braços dele.

Virei o rosto. Por mais que os conhecesse desde que nasci, nunca consegui me acostumar com essa imagem de "casamento perfeito" deles. O Doutor me disse uma vez que o salário inicial de um professor titular era cerca de cinquenta milhões de won por ano. Até o ano passado, o dinheiro que meus pais gastavam ultrapassava a soma do salário do meu pai, o subsídio de professor temporário e o dinheiro tirado do vovô. Apesar de ter recebido tudo isso, o primeiro escalão não conseguiu economizar nada. O orçamento sempre estava apertado com as despesas da Oh Mirim (cursinhos e aulas particulares), as minhas aulas dos cursos de férias, as parcelas e a manutenção do carro, o condomínio e as despesas do dia a dia. Ainda que meu pai fosse efetivado, não seria possível comprar o apartamento no Wonder Grandium. E ele com certeza sabia quanto era o salário inicial de um professor titular. Provavelmente apenas fingia não saber enquanto alimentava esperanças vazias e vivia naquela ilusão.

Minha mãe chegou em Geobukdong usando óculos escuros grossos e um boné bem ajustado na cabeça. No entanto, diferente do que ela esperava, não havia ninguém para jogar sal nela. O comércio local funcionava a todo vapor, a casa de moagem Samil, a lavanderia Seomin, o salão de beleza Jo Eunyoung Hair, a lanchonete Geobuk e a imobiliária Hwangje… mas ninguém saiu para nos cumprimentar. Pensei nos olhares nada amistosos atrás das janelas de vidro revestido.

— Precisamos cumprimentar a sogra — disse meu pai ao entrarmos na Casa Sunrye.

Eu ia dizer para ele parar de chamar a sra. Sunrye de "sogra", mas me lembrei do que ela havia dito sobre não me preocupar demais com possíveis conflitos. Subimos até o 402 e tocamos a campainha. Logo em seguida, a sra. Sunrye veio nos receber.

— Chegamos — anunciou meu pai enquanto abaixava a cabeça em um gesto respeitoso.

— Ainda bem que não tá chovendo, né? — respondeu a sra. Sunrye, sem se preocupar com formalidades.

Achei estranho. Ela costumava ser mais formal com quem não tinha intimidade.

Seria algum jogo autoritário de dona de prédio? Vingança contra eles? Ou talvez um gesto de simpatia? Afinal, o que era aquilo?

De qualquer jeito, eu gostei. Era bom ver a sra. Sunrye impondo respeito sobre o primeiro escalão. Eles em geral causavam problemas quando percebiam que a outra parte era fácil de lidar. Para manter a paz na Casa Sunrye, era crucial estabelecer autoridade desde o início.

— Sim, sim, ainda bem que não está chovendo mesmo. Querida, cuidado com os degraus. Eles são um pouco estreitos.

Meu pai segurou o braço da minha mãe, e ela acariciou o braço dele enquanto se apoiava. Virei o rosto. Mal chegamos à Casa Sunrye, e eles já tinham começado com aquelas demonstrações constrangedoras de afeto para exibir seu "casamento perfeito".

— Sogra, não sei como agradecer por nos acolher nessa situação — disse meu pai, e outra vez abaixou a cabeça em respeito.

Esperei que minha mãe dissesse o mesmo, mas ela permaneceu em silêncio.

— Pai da Surim, me chamar de "sogra" é desconfortável demais. Por favor, não use esse termo — disse a sra. Sunrye com firmeza.

Enquanto assistia à interação entre eles se desenrolar, não fiquei nem um pouco desconcertada. Na verdade, achei até um pouco engraçado ver meu pai levar um puxão de orelha por agir, pela primeira vez em anos, como se fossem parte da mesma família.

— Entendido, sem problemas! Mas, como a senhora cuidou da nossa Surim, posso chamá-la de avó da Surim, então?

— Ah, aí fica mais estranho ainda. Se eu fosse avó da Surim, teria sido esposa do Seunggap.

— Ah, verdade — respondeu meu pai, completamente sem jeito.

— Pode me chamar só de senhora. Os vizinhos em geral me chamam de sra. Sunrye. Pode me chamar assim também, não tem problema.

— Ah, sim, combinado.

Meu pai coçou a parte de trás da cabeça e se inclinou em uma reverência. Minha mãe, por sua vez, fez um bico como uma criança emburrada.

O único vizinho que recebeu o primeiro escalão de forma calorosa foi o sr. Gildong, de 64 anos, marido da sra. Hong Gildong. Ele ficou esperando em frente ao 201 segurando bebidas geladas de vitaminas como presente de boas-vindas. O sr. Gildong trabalhou por muitos anos como motorista de ônibus, mas sofreu um AVC sete anos atrás e não podia mais dirigir. Agora, é dono de casa e às vezes trabalha em projetos públicos.

— Vocês são a família do sr. Park? Prazer em conhecê-los. Sabe, eu ainda fico com o coração partido quando lembro como ele faleceu. Ainda há marcas dele por toda esta casa — disse o sr. Gildong, enxugando as lágrimas. — A Casa Sunrye é um lugar muito acolhedor, algo raro de se encontrar nos dias de hoje, ainda mais na cidade. O salão de beleza no térreo, por exemplo, oferece um desconto de dois mil won para os moradores daqui. Todos sempre elogiam os cortes de lá.

O sr. Gildong mencionou algo que eu tinha feito questão de omitir: o desconto do salão de beleza, que não estava disponível para o primeiro escalão.

— Ah, sim, é que eu já tenho um salão de confiança — respondeu meu pai.

O salão de confiança dele fica na parte comercial do Wonder Grandium e é, inclusive, famoso por fazer circular as fofocas do "meme da sendo sincera" da minha mãe e do leilão do apartamento 1504, no bloco 103.

— Olhe, o senhor não parece estar muito bem. É mais seguro voltar para casa logo. Além disso, agora não temos tempo para ouvir o que o senhor tem a dizer — disse minha mãe e afastou o sr. Gildong com frieza, recusando o presente.

Peguei as bebidas da mão dele e caminhei ao seu lado para o elevador.

— Obrigado, sr. Gildong — falei. — Peço desculpas pelo jeito da minha mãe.

— Ah, tudo bem. Tenho certeza de que vamos nos aproximar com o tempo — disse ele, forçando um sorriso.

O sr. Gildong é a pessoa mais bondosa que eu conheço. Ele acredita que todas as pessoas são boas. Mas, por conta disso, muitos tiram proveito dele e o magoam no processo. A sra. Gildong fica furiosa.

— É que... a minha mãe é um pouco...

Antes de eu terminar, as portas do elevador se abriram, e ouvi alguém dizer:

— Ela é uma mal-educada. E das grandes.

Era a voz da sra. Gildong. Aparentemente, ela tinha escutado nossa conversa enquanto estava em frente ao 302. Ao contrário da sra. Sunrye, a sra. Gildong era direta e não se preocupava em guardar os comentários negativos só para me poupar.

Logo, logo as brigas começam.

A sra. Gildong é mestra em provocar as pessoas sem levantar a voz. Uma vez, vi na biblioteca um livro chamado *Como demonstrar sua raiva sem perder o sorriso* e logo lembrei dela. Para uma veterana como a sra. Gildong, meus pais são completos amadores.

Encaixar nossa vida de um apartamento de 129 metros quadrados em 46 metros foi muito mais difícil do que eu imaginava. Mesmo depois de vender e descartar uma quantidade absurda de coisas, ainda tínhamos coisas demais. Roupas, livros, louças, sapatos — tudo estava em excesso para o novo espaço. Tivemos que acomodar nossos pertences às pressas, sem muita ordem, apenas para fazê-los caber no apartamento. Em vez de mantermos apenas o essencial para viver, estávamos tentando abrir caminho para nós mesmos em meio a montanhas de itens. No fim, a escrivaninha do meu pai não coube de jeito nenhum e teve que ser deixada no estacionamento.

— Falei para anunciarmos a sua também quando fui vender minha mesa, pai.

Consegui vender minha escrivaninha por dez mil won, mas meu pai se recusou a vender a dele, dizendo que se desfazer da mesa era como abrir mão do sonho de se tornar professor titular.

Ah, mas o meu sonho não tinha problema vender, né?

Esse pensamento me ocorreu, mas não fiquei com raiva. Afinal, nunca tive grandes sonhos ligados àquela escrivaninha. Muito pelo contrário, vendê-la até me ajudou a organizar minhas coisas: roupas, livros, materiais escolares, quinquilharias, bolsas... Coube tudo em duas caixas grandes, duas cestas de mudança, uma mala de viagem e uma mochila. Era uma quantidade que, no futuro, quando eu saísse da casa do primeiro escalão, caberia facilmente no porta-malas e no banco traseiro de um táxi. Isso me deu uma sensação de leveza.

— Surim, tem espaço lá na cobertura, não tem? — perguntou meu pai.

— Tem.

— Não dá pra colocar minha escrivaninha lá?

— Colocar lá pra quê?

— Pra eu poder levar na próxima mudan...

— Não dá — interrompi. — A cobertura não é um depósito. As coisas que ficam lá são para compartilhar entre todos.

— E no 402? Lá tem três quartos, não tem? Pede pra sra. Sunrye fazer um quarto pra você — sugeriu minha mãe.

— Boa ideia — concordou meu pai, animado. — A sogra deve se sentir sozinha às vezes. Ter a nossa Surim por perto pode ajudar.

— Sendo sincera, a sra. Sunrye é uma idosa solitária. E, sendo ainda mais sincera, se a Surim estiver lá, pode até chamar a ambulância caso ela passe mal — acrescentou minha mãe.

Desde quando eles se preocupam tanto com a sra. Sunrye? Imagine se eles tivessem se comportado assim quando me deixaram com ela quando eu era pequena...

Naquele momento, tomei uma decisão: mesmo que um dia acabasse saindo de casa, jamais os deixaria por ter sido expulsa. Talvez fosse por isso que a sra. Sunrye tenha dito que não me deixaria dormir no 402: tenho certeza de que ela já havia entendido o tipo de joguinhos mesquinhos que meus pais faziam.

— Bom, o aluguel de um quarto só para dormir deve ser pelo menos duzentos mil won. Se vocês estiverem dispostos a pagar, posso perguntar pra ela.

Meus pais ficaram em silêncio. Logo em seguida, começaram a organizar as coisas da Oh Mirim. Ao contrário do combinado, ela não tinha esvaziado as duas gavetas da escrivaninha dela. E eu nem sequer tinha *uma* gaveta para mim.

— Esvaziem as gavetas pra mim, por favor.

— Oh Surim, sendo sincera... sua irmã está... passando por várias dificuldades acadêmicas por causa da mudança... Por que não pede à sra. Sunrye um quarto pra você no 402? — recomendou minha mãe, hesitante.

— Então vocês vão pagar mais duzentos mil won de aluguel?

— Não, não é bem assim...

— Mãe, pare de tentar se aproveitar da situação. Até uma pulga deve ter mais vergonha na cara do que você.

— O quê?

— Você sabe muito bem o quanto já devemos a ela... Como tem coragem de sequer cogitar pedir mais?

— Sua pirralha ingrata.

— O quê?

— Só o que aquela velha faz vale pra você, né? — perguntou minha mãe, enquanto esvaziava uma das gavetas com irritação.

— Isso não é verdade.

— Não? Então, quem mais? Quem mais você acha que foi tão generoso quanto ela?

— Você.

— Não diga coisas assim da boca pra fora.

— E por que eu faria isso? Você sabe muito bem que eu nunca falo nem o que sinto de verdade na frente de vocês.

— Então, me diga, o que foi que eu fiz pra merecer todo esse reconhecimento?

— Arriscou a vida para me trazer ao mundo.

— ...

— Graças a você, estou aqui, viva e feliz.

Minha mãe parou por um instante, se virou e saiu. Ela parecia estar chorando.

Depois de um tempo, consegui arrumar todas as minhas coisas no 201. Assim, o primeiro escalão não teria mais nenhuma desculpa para mandar algo para o 402. Como não tinha espaço para guardar o cobertor, tive que dobrá-lo e deixá-lo no chão para abrir apenas na hora de dormir. Meus pais foram buscar minha irmã, e eu fui até a sra. Sunrye.

— Confidente, você já jantou?

— Já sim.

— O que você comeu?

— Almocei *jjajangmyeon* e jantei um *cup noodles*.

— Quer que eu prepare mais alguma coisa?

— Sim, arroz com ovo.

A sra. Sunrye preparou arroz com ovo para mim. Era algo que eu comia desde a época em que parei de comer papinhas. O prato era feito com arroz, ovo frito, molho de soja e óleo de gergelim, mas só ficava gostoso de verdade quando a sra. Sunrye misturava tudo para mim.

— *Aah*, o arroz com ovo mais gostoso do mundo! — exclamei.

— Surim, sabia que "ah" é uma interjeição e "aah" também é, mas "aaah" não é? — perguntou a sra. Sunrye.

— Você leu isso no livro de língua coreana?

— Não, foi a Jinha que disse. Como "aaah" não aparece no dicionário, ela acha que não conta. Mas eu decidi tratar tudo como se fosse interjeição mesmo. *Aaah*, sabe qual é o segredo do arroz com ovo misturado pela Kim Sunrye?

— O toque especial?

— Ei, que toque especial o quê? Entre as senhoras desse bairro, sou a mais desajeitada na cozinha.

— *Hm…* É verdade.

— O segredo é que o molho de soja e o óleo de gergelim foram feitos por outra pessoa. Eu só misturo. Quer melancia também?

— Aham.

A sra. Sunrye me deu a melancia já cortada. Ela tem o hábito de cortar a melancia em cubos e guardar em um pote. Nunca corta ao meio e cobre com plástico-filme: não por temer que a parte coberta acumule bactérias, mas, sim, porque sempre tenta usar a menor quantidade de plástico possível.

— Tá muito boa!

Melancia é minha fruta favorita. Depois que o vovô faleceu, as frutas na geladeira do Wonder Grandium começaram a desaparecer e, um mês antes de sairmos de lá, já não havia mais nenhuma. Até janeiro de 2019, frutas eram algo que existia em casa, tanto na Casa Sunrye quanto no Wonder Grandium… Nunca tinha parado para pensar de onde vinham, muito menos agradecer. Mas comecei a sentir uma gratidão por todos que, durante esses dezesseis anos, garantiram que eu sempre tivesse frutas para comer.

— Você ficou incomodada com o meu pai mais cedo, né?

— Ah, quando ele me chamou de "sogra"? Pois é. Ser chamada de "amante" ainda é bem melhor que isso. Aliás, sua mãe ainda me chama assim?

— Não, eu não deixo mais.

— E por que não? "Amante" é uma palavra ótima. Dá a sensação de que eu ainda tenho chances de viver um romance emocionante com um homem incrível — disse a sra. Sunrye, acariciando as bochechas cheias de rugas.

— Senhora Sunrye, aquela conversa que tivemos sobre meus pais foi muito útil.

— Sério?

— No final, eu precisava mesmo da sua sabedoria. Então... falando nisso... posso desabafar com você?

— Sobre o quê?

— Sobre o primeiro escalão. Vamos falar mal deles, sem filtro.

— Claro, vamos falar à vontade.

Senti como se tivesse tirado um peso do peito. Ao falar mal do primeiro escalão com a sra. Sunrye, rindo juntas, me ajudaria a diminuir um pouco mais meus problemas.

— Seus pais têm uma áurea de "casamento perfeito", né?

— Sim, é perfeito de um jeito ridículo, me deixa enjoada.

— Parece um casamento e tanto. A divorciada e ex- -amante do quarto andar deveria morrer de inveja, né? Mas sabe de uma coisa? Eu não sinto nem um pingo de inveja. "Querida, cuidado com os degraus..." — disse a sra. Sunrye, imitando a voz anasalada do meu pai de maneira cômica.

A imitação me fez rir. A sra. Sunrye é incrível mesmo: ela sempre encontra um jeito de fazer eu me sentir melhor.

Parte 3

Oh Mirim começou a chorar antes mesmo de entrar na Casa Sunrye. O motivo? A palavra "Mirin" escrita em uma embalagem bem na frente da lanchonete Geobuk. Como era muito parecido com seu nome, o saquê culinário Mirin lhe rendeu o apelido de "Oh Saquê" por bastante tempo.

O saquê também era vendido em grandes quantidades, como em galões de dezoito litros. O dono da lanchonete deixava os galões de Mirin cheios de água em frente ao restaurante quando fechava o estabelecimento para impedir que alguém estacionasse lá, já que receber os ingredientes logo cedo era muito difícil se o espaço estivesse ocupado.

— Estou com medo — disse Oh Mirim.

É a primeira vez que ficamos sozinhas em um quarto apertado, e também a primeira vez que ela me revela algo com tanta sinceridade.

— Medo de quê?

— Daqueles galões de Mirin, é como se eles estivessem prevendo o meu destino.

— Que destino?

— Sempre que eu voltar pra casa à noite e olhar pra rua pela janela, eles vão estar ali.

— E daí?

— Como se dissessem que vou passar a vida inteira presa nesse bairro decadente, com essas ruas esburacadas — disse Oh Mirim, suspirando.

"Nesse bairro decadente, com essas ruas esburacadas…"

Em geral, eu teria ficado indignada por ela ter menosprezado a Casa Sunrye. Mas, estranhamente, não fiquei. Só senti pena dela. Por pouco não estendi a mão para tocar seu ombro.

— *Unnie**, este é um bairro incrível. E as pessoas da Casa Sunrye são ainda mais incríveis. Não seria nada horrível passar a vida inteira aqui — falei devagar, tentando consolá-la, até mesmo chamando-a de *unnie* para ver se ajudava. Nunca havia dito algo tão honesto e gentil para Oh Mirim.

— O quê? Me enterra logo de uma vez, então! Sabe de quantos carros eu tive que desviar pra entrar nesse beco? No Wonder Grandium, não tinha esse problema. Este lugar é um completo desastre. Como esperam que eu passe a vida inteira num lugar tão perigoso e decadente?

---

* Forma de tratamento carinhosa, o honorífico significa "irmã ou amiga mais velha". [N.E.]

Oh Mirim se virou de repente, e minha vontade de consolá-la desapareceu por completo. Eu me levantei e fui até a janela. A vista era bem diferente daquela do 402, à qual eu estava acostumada. Os passos e as vozes das pessoas, o som das motos de delivery... tudo parecia muito mais próximo. Como passava a maior parte do tempo no 402, nunca soube como o vovô sofria com o barulho das noites de verão. Um cheiro levemente desagradável pairava no ar. Sob o poste de luz, sacos de lixo estavam empilhados ao lado de uma lata de lixo orgânico exposta.

Vovô, sinto sua falta. Me desculpa.

Meu coração apertou. Saí do quarto, tomando cuidado para não pisar em Oh Mirim, e fui para a cozinha. Do outro lado da janela, no beco, alguém estava acendendo um cigarro. A fumaça parecia prestes a entrar no 201.

Quem será?

Encostei o rosto na tela da janela.

— Surim, a mudança foi tranquila?

A pessoa me reconheceu primeiro.

— Doutor?

— Aham.

— Não fume aí, por favor. A fumaça entra toda aqui.

— Ah, desculpa! Não tinha percebido! Preciso parar de fumar.

O Doutor apagou o cigarro e recolheu a bituca do chão.

— Surim, você vai jogar fora a escrivaninha que está no estacionamento?

— Provavelmente.

— Se for se desfazer dela, posso pegar para mim? Uma das pernas da minha quebrou.

Fiquei aliviada. Seria bem mais prático do que ter que levar até o centro de descarte.

— Espere só mais um dia. Ainda não decidimos.

— Certo.

Da janela da cozinha, conseguia ver a casa de moagem bem de perto, e enfim entendi por que meu avô dizia: "Por incrível que pareça, até a casa de um viúvo está sempre cheia de aromas saborosos".

— Surim — chamou minha mãe, às minhas costas. Ela estava vestindo um pijama branco de algodão e parecia um fantasma.

— Não consegue dormir? — perguntei.

— Sendo sincera, tá muito barulhento, muito quente e com um cheiro estranho… Tá difícil.

— Quer que eu feche a janela e ligue o ar-condicionado?

— Você acha mesmo que aquela coisa minúscula vai resolver? — questionou minha mãe enquanto apontava para o ar-condicionado na parede da sala, um modelo básico que o vovô usava.

— Acho que sim, mãe, a casa é pequena. Feche a janela que vou ligar.

Liguei o ar-condicionado e abaixei a temperatura. Não saiu nenhum cheiro estranho; o Doutor provavelmente tinha limpado até os filtros. A casa ficou fresca em poucos minutos.

— Melhorou agora?

— Aham — respondeu minha mãe. — Surim, aquela casa de moagem ali tá indo bem?

— Sim. Antes eles faziam bastante *tteok,* mas agora pararam. Os donos estão bem velhos e não conseguem mais fazer, dá muito trabalho. Agora só extraem óleo e fazem pimenta em pó. Ah, e também fazem *misutgaru*˙.

— Nossa, o barulho das máquinas de lá é insuportável. Sendo sincera, é tudo muito decadente aqui. Quem foi que projetou esta casa com uma ventilação tão ruim assim?

— O vovô.

— O quê?

— O vovô participou do projeto.

— …

— A maioria dos apartamentos de dois quartos do bairro é assim. Mas, pelo menos, na Casa Sunrye as paredes são grossas, o que garante conforto térmico. As janelas daqui também são muito boas. Abrir a porta e a janela do banheiro costuma ajudar bastante, só não tanto em noites quentes como esta. O 402, por exemplo, é bem mais fresco do que aqui porque o vento circula melhor lá.

— O quarto andar é fresco?

— Aham.

— E por que aquela velha deu este lugar pro namorado dela? Sendo sincera, se ela o amasse de verdade, teria dado o 401.

— Mãe.

— O quê?

— Você precisa mesmo ser tão sincera assim?

— Como assim?

˙ *Misutgaru* (미숫가루): pó feito de uma combinação de grãos tostados e moídos, como arroz, cevada e soja. O pó é misturado com água ou leite e açúcar para fazer *misu* (미수), uma bebida tradicional coreana. [N.T.]

— Por que um adulto precisa ser tão sincero assim? Não dá pra guardar um pouco do que sente pra si? Depois daquela entrevista sincera que você deu, acabou até sendo expulsa do grupo do condomínio. Sabe quantas pessoas de Geobukdong ficaram magoadas por sua causa? E aquele papo de comparar gatos de rua às crianças das vilas pra Jinha? Tem ideia do quanto isso magoou a minha amiga?

— Por que você tá falando disso de novo? Ah, isso me deixa tão irritada! Sendo sincera, eu investi tanto tempo ajudando a valorizar os preços dos apartamentos de lá e, ainda assim, me expulsaram do grupo do condomínio. Só de lembrar que fui expulsa por aquelas pessoas que alimentam gatos de rua, me dá um ódio e uma profunda tristeza…

Suspirei. Queria conversar sobre as mágoas que ela mesma tinha causado, mas minha mãe só sabia reclamar das próprias mágoas. Justamente por isso que sempre evitei conversar com ela. Mas não podia mais evitar. Precisava ajudá-la a se adaptar à Casa Sunrye.

— Mãe, isso te deixa tão triste assim?

— O quê?

— Ver que o preço subiu, mas o apartamento foi tomado de você?

— Óbvio.

— E nada mais te deixa triste?

— Tipo o quê, por exemplo?

— Tipo o fato de que seu pai, que você diz amar tanto, passou dez anos morando nesta casa com essa ventilação horrível. Como você simplesmente pegou a casa dele?

O vovô não conseguiu passar uma única noite em um apartamento bem ventilado antes de morrer, o apartamento que era dele por direito.

— ...

— Isso não te deixa nem um pouco triste? Meu coração dói só de lembrar.

As lágrimas escorreram. Fazia muito tempo que eu não chorava na frente da minha mãe, mesmo no escuro.

— Oh Surim.

— ...

— Seja sincera, você nos trouxe pra cá para nos torturar, né? Seja mais sincera ainda, está se vingando porque você foi criada longe de nós, não está? — disse minha mãe em uma voz trêmula.

Naquele momento, meu pai saiu do quarto e ficou entre nós duas.

— Querida, por que está dizendo isso? O que teria sido de nós se a Surim não tivesse conseguido esse lugar? — perguntou ele.

Às vezes, minha mãe conseguia ver o que eu sentia bem no fundo do coração. Na verdade, eu queria, sim, fazer com que eles passassem pelo mesmo sofrimento que causaram a mim, ao vovô, à sra. Sunrye, à Jinha e a todas as pessoas das vilas.

Saí apressada pela porta da frente. Não havia passado nem um dia desde a mudança e eu já estava fugindo de casa.

A vergonha que sentia era muito maior do que a raiva. Minha mãe descobriu o que estava no fundo do meu coração: minha sede de vingança.

Ah, estamos perto demais.

No Wonder Grandium, fugir de casa parecia uma fuga de verdade. O trajeto do 1504 até a Casa Sunrye levava de vinte a trinta minutos, e, ao caminhar, era como se um pouco do peso no meu coração se dissipasse. Depois da mudança, tudo ficou perto demais. Do 201 até o 402 levava apenas trinta segundos e, até o terraço, menos de um minuto.

Na cobertura estavam Jinha e a mãe dela.

— Posso entrar?

A sra. Jo fez um gesto afirmativo. Ela estava com um semblante sério, mas isso não me deixou tensa. Era apenas o jeito dela: raramente sorria para as pessoas e não dava elogios vazios. Certa vez, depois de fazer um permanente, a sra. Jo comentou: "Bem, não caiu muito bem em você, né?", e acabou nem recebendo pelo serviço.

— Surim, preciso te dizer, minha mãe tá um pouco preocupada.

— Por quê? — perguntei, olhando para o rosto da sra. Jo. Sua expressão parecia a mesma de sempre. — É por causa do primeiro escalão? Por eles terem se mudado pro apartamento da frente?

A sra. Jo balançou a cabeça, negando.

— É por causa do meu irmão. Saiu o boletim final dele. Ele ficou com a pior nota da escola em chinês clássico — disse Jinha.

— Sério?

— Chinês clássico é a matéria em que o Byoungha mais tem dificuldade, e mesmo assim ele escolheu fazer.

— Por quê?

— Ele achava que entender chinês clássico seria importante para a vida.

— Nossa.

O irmão da Jinha puxou o talento manual da sra. Jo. Desde cedo, decidiu que queria ser cabeleireiro e, no nono ano, já havia obtido toda a certificação necessária. Ele é muito bom em artes e educação física, mas nas outras matérias fica na média ou abaixo dela.

— Jinha, ensina seu irmão, por favor? — pediu a sra. Jo.

— Quanto você vai me pagar? — perguntou Jinha, estendendo a mão aberta.

— Se ele alcançar a média da turma, duzentos mil won. Se conseguir sair dos últimos lugares no ranking, cem mil won.

— E se ele continuar em último?

— Ainda assim, te dou cinquenta mil won.

— Fechado.

A sra. Jo bateu na palma da mão da Jinha e saiu para o jardim do terraço.

— Ela não costumava se importar com as notas do seu irmão... — comentei.

— É, não mesmo.

— E por que se importa agora?

— Porque ele ficou em último. Descobri que minha mãe é meio sensível a isso. Foi a primeira vez que ele ficou em último.

— Aaah.

Curiosamente, Byoungha era do tipo que deixava a irmã mais nova brincar com os amigos dele. E, como amiga de sua irmã, ele também me incluía. Nós — eu, Jinha e os amigos do Byoungha — costumávamos brincar nos becos de Geobukdong até o anoitecer. Desde o quarto ou quinto ano, Jinha já era melhor que o irmão em inglês e ciências, e ele nunca hesitou em pedir ajuda. Eu tinha certeza de que ele também aceitaria a ajuda em chinês clássico de bom grado.

Ouvi o som da porta do terraço se abrindo: era minha mãe. Ela parecia estar me procurando. Observei ela e a sra. Jo se cumprimentarem com constrangimento no jardim.

— Olha só! Sempre achei que inimigos se encontrassem em pontes estreitas. Parece que os do século XXI preferem jardins de terraço! Vamos lá ver o que tá rolando! — exclamou Jinha, me puxando pela mão.

Ah, não estou exatamente no clima para isso.

Mesmo assim, fui arrastada para o meio do jardim, onde as duas "inimigas" estavam frente a frente.

— No 202 também tem formigas? — perguntou minha mãe, balançando a cabeça com nojo.

— De vez em quando — respondeu a sra. Jo.

— São formigas de fogo. Seus ferrões atrofiaram, mas elas liberam ácido fórmico, que causa dor e coceira — intrometeu-se Jinha.

A cabeça da Jinha é cheia de conhecimentos científicos, que acabam escapando antes que ela possa evitar. Isso, inclusive, acontece bastante nas aulas, e muitos pensam que ela gosta de se exibir. Mas eu acho que, na verdade,

Jinha apenas não consegue se controlar. É como abrir uma garrafa de refrigerante: o gás escapa na mesma hora, de forma inevitável.

— Sendo sincera, no Wonder Grandium era só falar com a administração. E aqui? Como faz? — perguntou minha mãe.

— Jogue sal. Encha de sal grosso — respondeu a sra. Jo, fingindo jogar sal na cara da minha mãe.

Minha mãe piscou, surpresa.

— Ah, sal.

— As formigas de fogo evitam o cheiro de sal grosso — interrompeu Jinha de novo.

Eu não conseguia participar da conversa. Meu coração estava acelerado, e minha garganta seca como se eu tivesse comido algo salgado demais.

— Jinha, você mesma pode jogar o sal para a mãe da Surim, não pode? — perguntou a sra. Jo.

— Posso! — respondeu Jinha em prontidão.

— Não, não precisa, nós temos sal grosso em casa. Eu mesma posso…

— Mãe da Surim, não precisa recusar. No ano passado comprei um saco inteiro, o mais salgado que encontrei — interrompeu a sra. Jo.

— Não, realmente não pre…

— Minha Jinha conhece muito bem os caminhos das formigas. Jinha, vá lá e jogue bastante sal, sem economizar, hein?

— Sim! — respondeu Jinha, cheia de energia.

Graças à luz da cobertura, pude ver o sorriso discreto que se formou no rosto da sra. Jo.

Ah.

Aquele sorriso afiado e sutil era um tanto desconcertante. Naquele momento, me dei conta de que até a sra. Jo tinha uma expressão daquelas, como se estivesse saboreando o prazer da vingança.

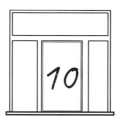

No novo apartamento, não havia uma sala de distância entre os quartos e, para tentar enfrentar as noites abafadas, dependendo do mesmo ar-condicionado de parede para suportar o calor, dormíamos de portas abertas. Por isso, acabei ouvindo diversas coisas que jamais saberia em outras circunstâncias.

Meus pais tinham apenas 320 mil won em dinheiro e um único cartão de crédito com algum limite disponível. As dívidas acumuladas nos outros cartões somavam cerca de cinco milhões de won. Além disso, as contas atrasadas de telefone, plano de saúde e as mensalidades do cursinho da Oh Mirim totalizavam mais três milhões de won. Não éramos apenas pobres; estávamos afundados em dívidas que passavam de oito milhões de won.

Na mudança, ninguém foi se despedir do primeiro escalão. Nem os casais do Wonder Grandium, que costumavam participar das competições de "quem é mais imaturo?", nem os administradores do grupo do condomínio. Meus pais estavam bem magoados.

— Até a Myoungjoo foi insensível.

A tia Myoungjoo era a única amiga da minha mãe. Ela cuidava da filha de 5 anos, trabalhava como editora freelancer e ainda fazia reportagens para um jornal on-line local. Quando minha mãe pediu ajuda para conseguir um trabalho parecido, a tia Myoungjoo explicou que seria difícil, ainda mais pela falta de experiência da minha mãe.

— Eu era muito melhor que a Myoungjoo nos estudos, sabia? Se ela consegue, por que eu não conseguiria? Ela só tem graduação, e eu tenho até pós-graduação!

Minha mãe ficou muito ressentida. Ela quase sempre menospreza a tia Myoungjoo por suas notas do ensino fundamental quando a amiga não está presente. Já a tia Myoungjoo vê minha mãe como uma pobre órfã, "uma menina sem mãe nem irmãos". No funeral do vovô, a tia Myoungjoo abraçou minha mãe e chorou copiosamente, dizendo que, além de tudo, ela também havia se tornado "órfã de pai". Muitas pessoas dizem que, "para conhecer uma pessoa, basta olhar para os amigos dela", mas dizer isso é tão absurdo quanto afirmar que "todos os pais se sentem da mesma forma". Cada pai tem o próprio jeito de se sentir, assim como cada amigo é único. Não se deve julgar alguém apenas pelos amigos que tem. Às vezes, esses amigos podem estar sendo generosos e fazendo vista grossa, como a tia Myoungjoo.

— Minha segunda irmã sempre foi muito carinhosa comigo, sabe? — disse meu pai. — Mesmo quando eu morava sozinho, ela sempre fazia questão de me visitar toda vez que eu me mudava. Nunca deixou de vir, nem uma única vez. É só termos um pouco de paciência. Sem falar que ela tem um patrimônio pequeno, sabe?

Meu pai tinha tirado fotos da casa nova e as enviado para minha segunda tia. Ele não conseguia mais falar com as outras irmãs: elas ignoravam suas mensagens e ligações, e bloquearam o número dele.

— Sim, a sua segunda irmã é a mais gentil mesmo. Ela é a única que não dá opiniões indesejadas, agindo como a típica cunhada tradicional — concordou minha mãe.

Será que eu deveria mandar uma mensagem para minha segunda tia? E pedir que ela não viesse de jeito nenhum?

Enquanto mexia no celular, me perguntei se o primeiro escalão já teria atingido o fundo do poço ou se ainda estava prestes a sofrer uma queda ainda mais devastadora.

— Nossa, esse bairro é uma bagunça... À noite, tem de tudo: caminhões, carrinhos de mão... É tudo tão sujo e caótico — reclamou minha mãe.

Pensando bem, nunca tinha visto nenhum carrinho de mão ou caminhão pequeno no estacionamento do Wonder Grandium. Provavelmente porque ninguém lá precisava dessas coisas para sobreviver. Já em Geobukdong, a história era bem diferente; havia uma diversidade impressionante de veículos, como carros, caminhões, motos, carrinhos de mão e até motos com carrinhos acoplados.

— Querida, aguente só mais um pouco. Assim que eu me tornar professor titular, vamos pegar um empréstimo e comprar o apartamento no Wonder Grandium.

— Claro.

Fiquei imaginando o quanto um banco emprestaria a um professor recém-promovido com mais de oito milhões de won em dívidas. Um apartamento de 129 metros quadrados no Wonder Grandium custava mais de oitocentos milhões de won. Até o menor, de 82 metros quadrados, ultrapassava os quinhentos milhões. Para juntar apenas cem milhões, precisaríamos economizar dez milhões por ano durante uma década. Para mim, só existia uma maneira de o primeiro escalão conseguir comprar algo no Wonder Grandium: ganhando na loteria.

— Querida, você já viu o morador do 301?

— Vi, parece que ele dá aulas como professor temporário em uma universidade.

— Ele é meio… não sei bem, não dá pra saber se ele é um intelectual ou um… trabalhador manual. Mais cedo, vi que ele estava limpando as escadas.

— A Surim e aquela mulher parecem ter nos trazido aqui para nos sufocar até a morte. Devem ter pensado algo como: "Tem gente que dá aula e ainda faz outros trabalhos, então vocês podem fazer o mesmo". É como se estivéssemos sendo manipulados — disse minha mãe em uma voz cortante.

— Não pode ser.

— E não é só isso. Hoje de tarde, aquela mulher estava fazendo *kimbap* na lanchonete Geobuk. Parecia estar me provocando, como quem diz: "Até a dona do prédio trabalha, e você, o que faz?".

O dono da lanchonete, que estava sobrecarregado com a quantidade de pedidos feitos de madrugada, tinha mandado mensagem para a sra. Sunrye pedindo socorro, dizendo que não aguentaria sozinho. Ao que parecia, a sra. Sunrye aceitou ajudar porque queria se desculpar, já que o homem ficou ressentido depois que o apartamento 201 foi alugado para o primeiro escalão.

— Querida, fale baixo. As crianças podem ouvir — pediu meu pai, de forma ainda mais audível.

— Ainda não acredito que o morador do 301 faz entregas de madrugada e, não contente, trabalha com faxina.

— Acho que ele desistiu de ser professor. Fiquei curioso sobre a faculdade em que ele estudou, então perguntei hoje mais cedo.

Meu Deus!

Agora papai estava enrascado. Não bastava termos criado a regra de não perguntar o ano em que a pessoa se formou; também teríamos que proibir perguntas sobre faculdade por completo. Enquanto eu fazia o possível para reverter a situação, assumindo o papel de arremessadora substituta e tentando salvar o jogo, os defensores simplesmente não mantinham suas posições.

— Onde ele disse que se formou?

— Parece que estudou em uma faculdade particular e que os pais se sacrificaram para conseguir pagar a mensalidade.

— Ele não disse mais nada?

— Não.

— Deve ser uma faculdade ruim, né? Para ele não querer contar.

— Foi bem isso o que pensei.

— Faz sentido, por isso vive fazendo bicos.

— Temos que tomar cuidado. Ele deve ter complexo de inferioridade com pessoas como a gente, formadas em universidades de prestígio.

Na verdade, o Doutor estudou na mesma universidade que meus pais. Descobri isso porque a mãe dele contou à sra. Sunrye que nunca teria imaginado que o filho, formado em uma boa universidade, acabaria tendo uma vida tão difícil. Mas o Doutor em si nunca comentou sobre isso; só costumava contar que aprendeu muito mais trabalhando fora do ambiente acadêmico. Guardei essa informação — que o Doutor era colega de faculdade dos meus pais — como guardava as fotos da caderneta do vovô, para usar no momento certo.

A luz do poste do lado de fora era muito forte. Eu não conseguia dormir em lugares iluminados, e, mesmo se dormisse, acordava várias vezes no meio da noite. Com a luz, era possível ver com nitidez o rosto de Oh Mirim dormindo com os olhos meio abertos. Fechei os meus, imaginando o que faria se acordasse de madrugada, visse aquele rosto pálido e gritasse como se tivesse visto um fantasma. Foi então que ouvi a voz do meu pai.

— Ah! Minha irmã leu a mensagem.

— Jura? Tem certeza de que ela leu? — perguntou minha mãe, aumentando o tom de voz.

— Vamos esperar. Ela é uma pessoa noturna, sabe? Dorme tarde, então deve responder logo. É a primeira vez que ela lê minha mensagem desde que recebemos aquela expedição certificada.

O celular dele vibrou logo depois.

Uau, a minha tia respondeu mesmo a essa hora?

Parecia que o celular do meu pai estava vibrando bem ao meu lado. Como eu acordava com qualquer barulhinho, comecei a me preocupar com todas as noites em que dormiria ali, bem ao lado do primeiro escalão. Outra vibração. E, mais uma vez, parecia que o celular estava ao meu lado. Desisti de tentar dormir e abri os olhos.

… *Ah, nossa!*

A tela do meu celular estava acesa.

> Surim, você tá dormindo?

Era a minha segunda tia. Achei bem estranho, mas ela não parecia ter enviado a mensagem por engano, já que mencionou meu nome diretamente.

> Sua mãe, seu pai e sua irmã estão por perto?

> Não, eu estou acordada. Minha irmã está dormindo, e meus pais estão em outro quarto.

> Não conte a ninguém que te mandei mensagem.

> Certo.

> Deu tudo certo com a mudança?

> Deu, mas foi mais ou menos.

> Você consegue vir aqui amanhã sem contar pra sua mãe e pro seu pai?

> Consigo.

> Então vou te mandar o endereço. Crie um bom álibi antes de vir, ok?

> Ok.

> Durma bem, boa noite.

> Boa noite, tia.

Do outro cômodo, ouvi a voz do meu pai:

— Acho que ela ignorou minha mensagem.

— Deve ser porque já está tarde. Acho que ela vai responder amanhã — respondeu minha mãe, suspirando.

Minha tia mora a cerca de quarenta minutos de ônibus de nós, em Ayeondong, no condomínio mais caro da região. Minha mãe, inclusive, a inveja muito. É engraçado pensar que a pessoa que minha tia está planejando encontrar em segredo sou eu. Fiquei feliz com isso: era um lembrete de que eu não era mais a bocó do apartamento 1504 do bloco 103 do Wonder Grandium. Peguei no sono enquanto pensava no meu "álibi".

Estávamos tomando café da manhã na sala, ao redor de uma mesinha baixa. Era nossa primeira refeição juntos na casa nova. Como as pernas do meu pai e da Oh Mirim encostavam nas minhas, me sentei de lado, com as pernas para fora da mesa.

— Ai, tá muito apertado! — reclamou Oh Mirim, mas não mudou de posição.

— Meu pai brigaria com você se te ouvisse dizer isso. Segundo ele, quem reclama que a mesa é pequena perde um membro da família, porque palavra vira profecia — disse meu pai.

Enquanto comia sentada de mau jeito, fiquei pensando: *será que aquilo era o mais próximo de uma bronca que Oh Mirim levaria?*

— Esta mesa é só pra três pessoas. Da próxima vez, não vamos comer os quatro juntos — disse Oh Mirim.

— Certo — respondeu meu pai.

Não foi nem perto de uma bronca. A frase "mesa para três" me trouxe lembranças desagradáveis de quando, aos 8 anos, comecei a conviver com o primeiro escalão e a Oh Mirim, de 9 anos, não suportava ver nossos pais me tratando bem.

— Oh Mirim, eu também não queria comer com você. Poderia estar comendo na casa da sra. Sunrye, mas, em vez disso, estou aqui.

Foi o que eu quis dizer, mas não disse, enquanto colocava uma porção generosa de presunto grelhado sobre o arroz. Voltei a pensar no meu "álibi". Na noite anterior, minha tia havia me enviado o local e o horário do encontro.

> Em frente ao Centro Comunitário de Ayeon 2-dong, no restaurante Ayeon Myeonok, ao meio-dia.

O que eu digo na hora de sair? E se eu disser que preciso ir a algum museu por causa de um trabalho de férias?

Para criar um álibi convincente, preciso de um museu específico. Primeiro, tenho que calcular o tempo necessário para encontrar minha tia. Depois, procurar um museu no caminho para o local do encontro. Aí, verificar o valor dos ingressos e se o museu está aberto. Para não levantar suspeitas, melhor pesquisar tudo no celular escondida no banheiro. Nossa, estou a todo vapor!

Enquanto eu me orgulhava do meu plano, minha mãe, de repente, me perguntou:

— Surim, você tá com tempo hoje, né?

— Por quê?

— Preciso que busque algo pra mim na lavanderia. Lá em Wonder Grandium.

— O quê?

— O terno do seu pai. Ele vai usar em uma entrevista de emprego. Ah, e a saia do uniforme da sua irmã.

— Por que eu?

— Porque... achei que você não se importaria.

— Está quente demais lá fora.

— Ah, não é por estar quente que a mamãe quer que você vá... — disse Oh Mirim, se intrometendo.

— Então o que é?

— É porque você é a única que não sente tanta vergonha de ir para o Wonder Grandium, mesmo depois de tudo.

Será que eu não sentia tanta vergonha mesmo?

Pensei por um momento e concluí que não, não sentia nenhuma vergonha. Nadinha.

— Preciso ir a um lugar na hora do almoço. Posso buscar às quatro?

— Certo. E, olha, não importa o que o dono da lavanderia diga, mande ele falar comigo. Você só pega as roupas e pronto — disse minha mãe com um suspiro.

E se perguntarem para onde vou? Nem pesquisei os museus ainda...

Fiquei muito preocupada. Porém, momentos depois, me dei conta de que estava me preocupando à toa. Ninguém quis saber para onde eu iria. Encontraria minha tia com tranquilidade. Afinal, para o primeiro escalão, eu não era ninguém importante, muito menos alguém que seria escolhida como agente secreta em um "encontro clandestino".

O local do encontro era um restaurante famoso de *naengmyeon*, onde precisávamos pegar uma senha de espera para conseguir uma mesa. Definitivamente não era o tipo de lugar que combinava com palavras como "encontro secreto" ou "álibi".

Mas, se havia algo ali que gritava a ideia de "secreto", era, sem dúvida, o "disfarce" da minha tia. Ela parecia estar vestindo as roupas e o boné de beisebol da Jihee, sua filha única, de 30 anos. Minha prima, que estava desempregada, em geral usava roupas esportivas, e essas roupas eram grandes demais para a mãe dela. A barra dobrada da calça já se soltara e arrastava no chão.

— Tia, aqui não é movimentado demais para um encontro secreto?

— Não. Lugares cheios são melhores ainda pra se disfarçar.

— Mas por que esse disfarce, já que estamos no seu bairro?

— Surim, não é só a *sua* família que não pode saber. Eu também tenho medo das minhas irmãs. Sua quarta tia tem uma amiga que mora por aqui.

Então, minha tia começou a desabafar. Ao que parece, as irmãs a estavam acusando de "estragar o irmão mais novo e a sobrinha porque aceitava tudo sem reclamar", e ameaçaram cortar relações com ela também caso desse dinheiro ao meu pai. Ela falou tanto que até terminei de comer todo o *naengmyeon*. Mas não foi um problema, porque estava mesmo delicioso. Os *mandus* também.

— Surim, eu também vou me mudar. Coloquei minha casa à venda.

— O quê?

— Ah, sabe como é, tem muitos colegas da Jihee que moram neste bairro. E, nossa, sempre esbarramos nos pais deles na rua... O problema é que, como ficam perguntando o que a Jihee está fazendo da vida, minha filha foi parando de sair de casa. Está virando uma reclusa.

— Ah...

— Surim, comparado a um recluso, um desempregado é uma bênção. E, comparado a um desempregado, um estudante em busca de emprego é quase um deus. Até o ano passado, a Jihee também estava procurando emprego... Mas aqueles pais dos amigos dela... Antes, queriam saber em qual faculdade ela tinha entrado, depois pareciam uns desesperados, querendo saber onde ela estava trabalhando. Agora, como muitos dos filhos estão começando a se casar, a competição virou "quem consegue os genros e noras mais impressionantes". E aposto que logo, logo, vai começar uma nova competição...

— Qual?

— Quem será o primeiro a ter um neto para brincar de *gonji-gonji* — comentou minha tia, cutucando a palma de uma mão com o dedo indicador de outra.

Deveria ter sido só um exemplo de um dos primeiros gestos que um bebê aprende, mas foi tão enérgico que ela quase esbarrou com o cotovelo na pessoa sentada ao lado.

Pouco tempo depois, fomos a uma pequena cafeteria ali perto. Naquele momento, minha tia já tinha parado de falar sobre si mesma e passado a ouvir atentamente toda a história da nossa mudança. Ela parecia ser o tipo de pessoa que desabafava tudo de uma vez e, em seguida, se concentrava no que o outro precisava dizer.

— Entregue isso à sua avó de consideração — disse minha tia ao me entregar dois envelopes.

— Avó de consideração?

— Isso.

— Quem seria a minha avó de consideração?

— A sogra honorária do meu irmão. A esposa do seu falecido avô materno.

— Ah.

Minha tia estava chamando a sra. Sunrye de "avó de consideração".

— O envelope com "condolências" escrito é pelo funeral do seu avô. Tenho certeza de que, se eu o entregasse para o seu pai, ele usaria para outra coisa, e fico irritada só de imaginar. Sabe, no funeral, ele só ofereceu cem mil won pra ajudar. Eu queria tanto poder entregar em mãos… Por favor, faça isso por mim.

— E o outro envelope?

— É seu. Deixe com a sua avó de consideração e use quando precisar. Se sua família descobrir, vai ficar complicado pra nós duas. Não quero que você sofra, mesmo que seus pais precisem enfrentar dificuldades. Você já cresceu longe deles e teve que ser criada por outras pessoas… É quase como na história de Baridegi: a filha abandonada é quem acaba salvando a família no final. Acho triste que tenha que passar por tudo isso.

Ao ouvir o nome Baridegi, fiquei um pouco triste: o mito falava de uma menina abandonada ao nascer. Meus pais não chegaram a me abandonar totalmente, mas também não me criaram de fato. Se tivessem cuidado de mim desde o começo, eu não teria passado dezesseis anos sob os cuidados da sra. Sunrye, a quem eles nunca agradeceram.

— Tia, eu não fico triste por isso.

— *Hã*? Como assim?

— A sra. Sunrye, ou melhor, a minha avó de consideração, é uma pessoa maravilhosa.

— Claro. Nós, tias, comentamos isso sempre que nos reunimos. Achamos que foi graças ao seu avô e à sra. Sunrye que você cresceu tão bem.

— Não precisa mais me dar dinheiro, viu? Vou começar a fazer uns bicos e prometo usar o dinheiro com responsabilidade. Muito obrigada.

— Tudo bem.

Minha tia afagou minha cabeça. Eu me senti mais grata pelo envelope de condolências do que pelo outro — e, principalmente, pelas palavras "avó de consideração".

— Tia, sua osteoporose tá muito ruim? É porque você não conseguiu comer ovos e beber leite quando era pequena?

— Ah, você leu a expedição certificada que enviamos pro seu pai, né? Pois é, eu não tô muito bem pra minha idade.

— Por que você deu seus ovos e leite pro meu pai?

— Achei que era algo que precisava fazer… Mas você não deve dar nada pra sua irmã, entendeu?

— Acha que eu daria?

— Não mesmo — disse minha tia, com um leve sorriso.

O ônibus parou no canteiro central da avenida de oito faixas que separava Geobukdong de Wonder Grandium. Era estranho estar ali e morar apenas em Geobukdong, sem mais transitar entre os dois lugares.

Enquanto caminhava em direção ao centro comercial onde ficava a lavanderia, me perguntei se aquela seria minha última visita ao condomínio ou se ainda teria correspondências e encomendas para buscar lá.

O dono da lavanderia não fez perguntas. Apenas me entregou o terno do meu pai e a saia do uniforme de Oh Mirim e disse:

— Vocês estão me devendo quarenta e dois mil won. Preciso que paguem, não farei mais fiado.

— O quê?

— Quem ainda acumula dívida em lavanderia hoje em dia...?

— ...

Foi quando entendi o que minha mãe quis dizer com "não diga nada e apenas pegue as roupas". Mas eu não queria ser vista como alguém que não paga suas dívidas.

— Um momento, por favor.

Abri a carteira. Além do bilhete único, só tinha três mil won. Não tive escolha a não ser abrir o envelope dado pela minha tia. Dentro, havia seis notas de cinquenta mil won.

Oh Mirim, será que você precisa mesmo viver acumulando dívidas com roupas lavadas a seco?, pensei, a irritação tomando conta de mim. Deixar o Wonder Grandium não foi o ponto-final. Lá estava eu, *mais uma vez*, tendo que pagar dívidas fiadas, agora com o dinheiro da minha tia. Mandei no grupo da família:

> Usei o dinheiro de emergência para quitar os 42 mil won da lavanderia.
>
> Oh Mirim, dá um tempo com as roupas lavadas a seco.

Todos leram, mas ninguém respondeu. O primeiro escalão tinha um grupo separado só deles. Talvez estivessem discutindo como me responder lá. Eu fingia não saber da existência do grupo deles, mas, de qualquer forma, não me importava, porque eu também tinha meu próprio grupo com o vovô e a sra. Sunrye.

As roupas não eram pesadas, mas carregá-las sob o sol forte era como usar um cachecol enquanto caminhava. Peguei os cabides e os pendurei no braço, mas a calça do terno parecia prestes a arrastar no chão. Dobrei as roupas por cima dos braços de novo e precisei levantá-las um pouco para evitar que tocassem no chão. O suor escorria pelos meus olhos, mas eu não conseguia limpá-lo, com medo de deixar as roupas caírem. Quando finalmente cheguei à Casa Sunrye, estava prestes a desmaiar. Assim que entrei no 201, joguei as roupas no chão. Abri o grupo da família outra vez, mas ninguém tinha respondido nada.

— Por que você jogou no chão? Vai estragar as roupas e a lavagem vai ter sido em vão — disse minha mãe, franzindo o cenho.

— Não tá vendo que eu tô toda suada?

Saí do apartamento mais uma vez. Era minha "fuga diária" de casa.

Fui até o 402 para entregar o dinheiro de condolências que minha tia havia enviado. Eram quinhentos mil won.

— Minha tia disse que te chama de "avó de consideração da Surim".

— Eu?

— Aham.

A sra. Sunrye não disse nada. Apenas guardou o envelope na gaveta do quarto.

— Surim, sabe…

— O quê?

— Quando você estiver bem de vida no futuro…

— Sim?

— Quero que você se torne uma adulta que possa doar bastante dinheiro em condolências, como a sua segunda tia faz.

— Vou fazer isso.

— Não pense no que vai ganhar em troca. Apenas seja generosa com os outros.

— Pode deixar.

Eu queria me tornar uma adulta que ganhava bem. Não só para não acumular dívidas, mas também para poder doar bastante ao prestar condolências. Abri o grupo da família novamente.

(Oh Mirim)

Hmm, esse cheirinho de roupa lavada a seco…
Quando será que vou sentir ele de novo?
ㅠ.ㅠ

(Mãe)
> Mirim, força! Você com certeza vai realizar seus sonhos. Um dia, vai andar de BMW Mini espalhando cheirinho de roupa lavada a seco.

(Pai)
> Obrigada, Surim. Vou pagar a dívida da lavanderia. Mas, como família, vamos evitar usar expressões como "dá um tempo", ok?

Essas pessoas são apenas meus parentes, ainda que parentes de primeiro grau.

Eu repetia aquelas palavras como um mantra sempre que ficava com raiva, mas naquele momento não ajudou em nada. Parentes de primeiro grau, que nada! Minha mãe, meu pai e minha irmã eram parentes próximos — próximos até demais. Eles eram meu sangue… o que só me fazia suspirar de cansaço.

Já fazia três dias desde a mudança. Como só havia um banheiro, tínhamos que fazer fila para usá-lo. Esse era um desconforto pelo qual não passávamos quando morávamos em um lugar com quatro quartos e dois banheiros. Quando era impossível segurar a vontade, eu ia para o apartamento 402. Toda essa situação me lembrou de uma frase que li em algum livro: "Ser pobre não é apenas não poder comer o que quer, mas também é não poder ir ao banheiro quando precisa".

O hábito do primeiro escalão de tratar minha mãe como empregada não mudou nem com a casa menor. Oh Mirim e meu pai continuavam largando roupas espalhadas por todo lado e deixando pratos sujos onde comiam. Como a casa era pequena, ficava bagunçada em questão de minutos. Minha mãe varria e limpava tudo várias vezes ao dia. Não aguentei e acabei discutindo com eles, apesar de não termos tanta intimidade.

— Pai, Oh Mirim, vocês dois têm algum problema? Até o sr. Gildong, com a saúde frágil, não faz isso. Minha mãe é empregada de vocês por acaso?

Surpreendentemente, minha mãe ficou do meu lado.

— É mesmo, a casa é pequena e vocês ainda deixam tudo bagunçado — disse ela.

— Mãe, como assim? Eu já tô estressada o suficiente, e agora você fica do lado da Surim? — reclamou Oh Mirim, franzindo os lábios.

— Tá bom, tá bom, meu amor. A mamãe errou. Não se preocupe — respondeu minha mãe, voltando sem demora ao "modo empregada".

— Surim, por que você não vai mais na casa da sra. Sunrye? — perguntou meu pai, fugindo do assunto.

— Por quê? Quer me expulsar?

— Nossa, que história é essa? Antes, você ia lá o tempo todo, mesmo quando não queríamos, e até comia com a sra. Sunrye. Agora come todas as refeições aqui em casa. Só perguntei por isso.

— Pelo visto, estão mesmo querendo me expulsar. Já que é assim, faço questão de comer todas as minhas refeições aqui e também dormir aqui.

Claro, só respondi em pensamento.

Jinha foi mesmo jogar sal na nossa casa, mas sem exagerar. Ela o espalhou com cuidado ao longo da trilha das formigas.

— É sua vingança? — perguntei baixinho enquanto minha mãe estava no banheiro.

— Sim. Uma vingança disfarçada de ajuda.

— Tá satisfeita?

— Bastante.

— Mas, se o inimigo não percebe a humilhação, ainda conta como vingança?

— Sim. Acho que o importante é aliviar meus próprios sentimentos.

Jinha deu um sorriso discreto, o mesmo da sra. Jo no terraço.

Descobri mais algumas coisas sobre o primeiro escalão. Oh Mirim dorme de lado com os olhos entreabertos e, às vezes, também range os dentes. Meu pai ronca de forma irregular (talvez tenha até apneia do sono). Minha mãe murmura bastante.

Oh Mirim sonha em ficar em primeiro lugar no simulado do segundo semestre. Meu pai sonha em passar na entrevista final para se tornar professor titular na universidade. Jinha sonha em ver Greta Thunberg ganhando o Prêmio Nobel da Paz de 2019. Já eu continuo sonhando com uma adaptação tranquila do primeiro escalão ao novo lar, sem causar problemas. Mas, de repente, fui surpreendida por um problema bastante inesperado: um "triângulo amoroso" entre minha mãe, eu e a sra. Sunrye.

Foi a sra. Gildong quem chamou minha atenção para isso.

> Surim, tente não ser tão carinhosa com a sra. Sunrye na frente da sua mãe.

> Hã?

> Ontem à noite, quando subi no terraço, sua mãe estava chorando enquanto olhava para o condomínio.

Do terraço da Casa Sunrye, dá para ver o condomínio Wonder Grandium. Em noites claras, as luzes dos apartamentos e os enfeites iluminados do terraço ficam bem visíveis.

> "Quando está com a sra. Sunrye, a minha Surim sempre fica tão radiante assim?" Ela me perguntou exatamente assim outro dia. Disse que você parece querer esganá-la, mas fica toda fofa com a sra. Sunrye.

> Mas eu nunca agi de forma carinhosa na frente dela.

> Quando as pessoas se amam, isso fica evidente, mesmo sem querer. E, para alguém que quer muito ser amado, é ainda mais perceptível. Tome cuidado. Você e a sra. Sunrye são muito carinhosas uma com a outra.

> Certo... Eu não sabia mesmo. E obrigada. Sei que minha mãe foi rude com você... Obrigada por relevar.

> Ah, o que é dela está guardado. Um dia ela ainda vai provar do próprio veneno. :)

A vingança da sra. Gildong prometia ser muito mais séria do que apenas espalhar sal. E, no final, minha mãe era a única culpada por tudo aquilo. Resolvi, então, seguir o conselho da sra. Sunrye e deixar que as duas se resolvessem por conta própria. Precisava fazer o que estava ao meu alcance: ser menos carinhosa com a sra. Sunrye na frente da minha mãe e ensinar ao primeiro escalão as regras de sobrevivência Geobukdong.

— Mãe, vamos ao mercado Shinseon fazer compras — falei enquanto olhava o relógio.

O mercado Shinseon fecha às dez horas da noite e, uma hora antes, peixes, frutas e vegetais ficam bem mais baratos.

— Agora? A essa hora não vai ter mais nada fresco.

— Não estamos podendo exigir frutas e vegetais frescos. Precisamos economizar na alimentação. O mercadão de Geobuk também é barato, mas as liquidações do Shinseon são ainda melhores.

Minha mãe assentiu com o rosto abatido. Ela vasculhou a carteira e tirou um cartão de crédito. Provavelmente era o último que ainda tinha limite disponível.

Encontramos a sra. Youngsun no hall do térreo. Ela nos cumprimentou com um leve aceno e eu retribuí, mas minha mãe ficou parada, apenas olhando.

— Mãe, ela mora no 401.

Só então minha mãe a cumprimentou.

— Ah, boa noite.

A sra. Youngsun acenou mais uma vez com a cabeça e entrou. Comecei uma contagem na minha cabeça, sabia que minha mãe perguntaria sobre ela antes que eu chegasse ao dez.

— Quantos anos ela tem? — perguntou quando cheguei no "oito".

— Não sei.

— Ela mora sozinha?

— Aham.

— Qual é a profissão dela?

— Não sei.

— Então o que você sabe sobre ela?

— De madrugada, a sra. Youngsun toma café enquanto faz caminhadas no jardim do terraço. Dirige um Matiz verde. Quando encontra alguém no terraço, cumprimenta com um leve aceno e desce. Só conversa com a sra. Sunrye, e só quando estão sozinhas. As pessoas evitam subir ao terraço cedinho para não a incomodar. Eu nunca ouvi a voz dela.

— Nossa, esse lugar tem umas pessoas bem estranhas, hein?

— O que há de tão estranho na sra. Youngsun?

Engoli as palavras que estavam prestes a sair. Achei melhor não confrontar tanto minha mãe, ainda mais depois do que a sra. Gildong havia me contado.

No mercado, o gerente anunciava as últimas promoções do dia pelo microfone. Tomates, pepinos, cebolinhas… Minha mãe exclamava: "Nossa, que barato, é muito barato!" enquanto enchia o carrinho de compras. Ao ouvir o anúncio: "As últimas cinco sacolas de batatas estão por dois mil won", ela correu para a seção indicada e acabou dando de cara com a sra. Jo e o Byoungha.

— Veio fazer compras também? — perguntou a sra. Jo, com a mesma expressão séria de sempre.

— Sim. É seu filho? — perguntou minha mãe, apontando para Byoungha.

— É, sim. Byoungha, cumprimente a mãe da Surim.

Byoungha abaixou a cabeça em um gesto respeitoso.

— Ah, eu o vi em frente ao prédio no dia da mudança. Não sabia que era seu filho.

Então, outro anúncio ecoou pelo mercado: "Cinco linguados por apenas cinco mil won!".

— Mãe, você não vai comprar linguados? — perguntou Byoungha, puxando a mão da sra. Jo.

— Quem disse que eu como linguado? — retrucou a sra. Jo com desdém.

— Então compra melão pra mim.

Byoungha arrastou a sra. Jo para a seção de frutas. Parecia muito que ele queria afastá-la da minha mãe.

— Como a mãe da Jinha consegue ter um salão com essa cara fechada? — perguntou minha mãe.

— Sendo habilidosa — respondi.

— Ai, você sempre fica do lado dos outros e nunca do meu. Vamos pra casa logo — resmungou minha mãe, pegando o carrinho e se dirigindo ao caixa.

— Ei, é sua primeira vez aqui. Vamos explorar mais um pouco antes de irmos embora.

Puxei minha mãe para a seção de laticínios, tentando evitar que ela encontrasse a sra. Jo de novo.

— Qual é a série do filho dela?

— Segundo ano do ensino médio.

— Na Escola Geobuk?

— Aham.

— Ele é baixinho, né? Sendo sincera, deve ser difícil pra sra. Jo ter um filho tão baixo.

Byoungha tinha cerca de 1,63 metro e parecia ter parado de crescer. Eu, por outro lado, com meu 1,68 metro, ainda estava crescendo.

— Qual o problema de ser baixo?

— Qual o problema?! Altura é importante!

— Como…

— Hoje em dia, em bairros bons, as pessoas fazem exames de crescimento cedo para garantir que os meninos fiquem com pelo menos 1,70 metro.

— Como fazem isso?

— Usam hormônios de crescimento, claro. A mãe dele só pode ser desinformada para deixá-lo assim. Sendo sincera, a altura de um homem deve ser pelo menos como a do meu marido.

Meu pai tinha mais de 1,80 metro. Eu e Oh Mirim puxamos a ele. Era sufocante ter três pessoas altas morando em uma casa pequena. O único benefício era que meu pai conseguia pegar os pratos na prateleira mais alta da cozinha.

— Mesmo assim, o menino é bom nos estudos?

— É parecido comigo.

Mencionei meu desempenho escolar para calar minha mãe, tentando lembrá-la de que ela mesma tinha uma filha mediana.

— Um aluno do segundo ano do ensino médio andando por aí com a mãe para fazer compras? Ele deveria estar estudando. Será que desistiu de entrar na faculdade?

— Não.

As perguntas da minha mãe nunca fugiam do esperado. Por outro lado, o desespero dela em relação à minha proximidade com a sra. Sunrye — aquilo, sim, havia sido inesperado.

— Ele vai cursar o quê?

— Ele quer ser cabeleireiro. Disse que vai fazer uma faculdade na área.

— O quê? A mãe dele vai deixar o filho virar cabeleireiro?

— Vai.

A sra. Jo acredita que Byoungha tem talento para ser um excelente cabeleireiro. Ele é habilidoso e, diferente dela, sorri bastante para as pessoas. Nos fins de semana mais movimentados, ele trabalha no salão como assistente dela.

— E o pai dele? Depois do divórcio, o que ele tem feito?

— Não sei.

— Desde que viemos pra este bairro, fico me perguntando por que há tantas pessoas morando sozinhas. Sendo sincera, na Casa Sunrye, as únicas famílias "normais" são a do 302 e a nossa — disse minha mãe, fazendo uma cara de descontentamento.

Senti minha paciência se esgotar. Odiava o jeito como ela decidia arbitrariamente o que era "normal" ou não.

— Mãe, você sabe que, quando fala essas coisas, os vizinhos podem ouvir tudo, né? Por favor, pare de "ser sincera".

— Ah, não, já moro numa casa minúscula, agora até minha filha quer mandar no que eu posso ou não falar... — reclamou minha mãe, tirando a cesta de compras da minha mão. Estava tão pesada que ela cambaleou. — Mãe do céu!

Minha mãe chamou pela minha avó materna, falecida há trinta anos. Mesmo quando eu ficava surpresa, nunca exclamava "Mãe do céu!" como ela fazia.

Mas também não gritava "vovô" ou "sra. Sunrye". Em geral era mais algo como "Ah!", "Ei!" ou "Ops!". De repente, percebi que eu usava muitas interjeições. E não era algo ruim: usar tantas palavras independentes assim fazia com que eu também me sentisse uma pessoa independente.

— É muito pesado. Não consigo — disse ela, discretamente me devolvendo uma das alças da cesta.

— Ai, ai...

Me dei por vencida e peguei a cesta de volta. Nesse momento, a senhora da limpeza do Wonder Grandium apareceu.

— Boa noite! — cumprimentou ela. — Que surpresa ver vocês por aqui.

— Ah... Oi — respondeu minha mãe.

Eu sabia que ela queria sair dali o mais rápido possível, mas a senhora da limpeza não parecia disposta a deixá-la ir.

— Ouvi dizer que vocês se mudaram para a Casa Sunrye. Como conseguiram entrar naquele lugar tão famoso?

Tem gente que espera cinco anos e, mesmo assim, nem consegue vaga — disse a senhora, bloqueando o caminho.

Minha mãe tentou se desvencilhar.

— Desculpe, estamos com pressa.

— Ah, minha filha, a Hyemi, passou no concurso de professores e foi atribuída à Escola Geobuk. Vai começar a dar aula no segundo semestre — comentou a senhora, endireitando os ombros com orgulho.

Minha mãe parou de repente.

— O quê?

— Em que escola você estuda, Oh Surim? E sua irmã? — perguntou a senhora.

— Eu estou no ensino fundamental na Escola Geobuk e minha irmã também estuda lá, mas no ensino médio — respondi.

— Ah, que ótimo! Adoraria que minha filha desse aula pra sua irmã. Quando você for pro ensino médio, pode acabar tendo aulas com a Hyemi também. O nome da sua irmã é Oh Mirim, né? Vou falar bem de vocês pra minha filha.

Minha mãe parecia paralisada, como se não conseguisse mais falar. Ela estava muito chocada. A senhora virou para outro corredor, e foi só quando chegamos perto do caixa que minha mãe finalmente voltou a falar:

— O que aquela mulher disse é verdade?

— É, sim, ela distribuiu bolinhos pelo bairro no outro dia, comemorando que a filha passou no concurso.

— Se a filha dela é professora, por que ela ainda trabalha como faxineira?

— A filha mais velha é policial.

— O quê? Me diga, se as filhas têm empregos tão estáveis, por que ela continua trabalhando como faxineira?

— Ela disse que quer trabalhar enquanto está saudável para não ser um peso para as filhas. Aqui no bairro tem muitas senhoras e senhores que fazem isso.

— Sei, mas onde aquela faxineira mora? Ela paga aluguel?

— Não, ela não paga aluguel.

— *Hã?*

— Ela mora na Casa Azul, tem um apartamento próprio. É um ótimo prédio, com estacionamento subterrâneo. Deve ter mais de 100 metros quadrados.

Minha mãe ficou sem palavras mais uma vez. A senhora da limpeza deve ter se sentido extremamente satisfeita ao ver a sra. Park Yeongji tão constrangida.

— Surim! Você por aqui, minha querida!

Ouvi uma voz carinhosa me chamando. Era a sra. Sunrye, vindo na minha direção, balançando sua desgastada sacola roxa de compras.

— O que é isso? Todo mundo desse bairro resolveu sair ao mesmo tempo hoje? — murmurou minha mãe.

— Mãe da Surim, quer tomar sorvete? — perguntou a sra. Sunrye com um sorriso radiante.

— O quê?

— O Byoungha me avisou que chegou um monte de sorvete Yo no mercado, por isso vim correndo comprar. Mãe da Surim, já experimentou? É mais gostoso que o da Baski.

— Oi?

Minha mãe não conseguiu entender o "sunryenês".

— Ela está perguntando se você já experimentou o sorvete da marca Yomamdae. Disse também que é mais gostoso que o da Baskin-Robbins — traduzi.

— Ah, acho que já devo ter experimentado.

— Quer um? — perguntou a sra. Sunrye, puxando minha mãe pelo braço.

— Ah, pode ser.

Minha mãe, dando-se por vencida, foi arrastada para a seção de sorvetes. Eu as segui. A sra. Sunrye comprou vinte unidades da casquinha Yomamdae. Enquanto caminhávamos para o caixa, ela continuava conversando com minha mãe. A sra. Gildong provavelmente também avisou a sra. Sunrye para não ser tão carinhosa comigo na frente dela.

— Aqui, experimenta. — A sra. Sunrye nos ofereceu os sorvetes. Em seguida, abriu um para si mesma e deu uma mordida. — *Hmmm*, que delícia. Amanhã vou comer isso enquanto assisto *Anne* na Netfi. Ah, Surim, minha Smarti chega amanhã.

— Ela quer dizer que vai assistir à série *Anne with an E* na Netflix enquanto toma o sorvete. E que a Smart TV usada que ela comprou chega amanhã — falei, traduzindo o "sunryenês" de novo.

Minha mãe lançava olhares discretos para a sra. Sunrye. Ela odiava comer na rua; achava anti-higiênico. Eu tinha quase certeza de que, ao chegarmos em casa, ela reclamaria que a sra. Sunrye era descuidada. Mas, para minha surpresa, ela me entregou a sacola de compras, abriu o sorvete e deu uma mordida.

— E aí? É bom, né? — perguntou a sra. Sunrye.

Minha mãe assentiu enquanto tomava o sorvete, sujando os lábios.

Uau.

Carregando sozinha a pesada sacola de compras, segui minha mãe e a sra. Sunrye.

Parte 4

Já faz uma semana desde que nos mudamos. O cursinho da Oh Mirim ligou dizendo que não podia mais tolerar as mensalidades atrasadas. Depois, o cartão que até ontem foi aceito no mercado Shinseon foi bloqueado.

A tão esperada visita da segunda tia, que meus pais estavam ansiosos para ver, nunca aconteceu. Nem os grupos do Wonder Grandium que competiam para ver quem era mais imaturo apareceram. A única pessoa que veio visitar os amigos empobrecidos foi a tia Myoungjoo.

Byoungha tinha começado a ter aulas particulares de chinês clássico com Jinha, e acabei me juntando a eles. O material era um dicionário de expressões idiomáticas em chinês ilustrado com quadrinhos. Consegui comprá-lo graças ao dinheiro que minha tia deu.

Eu não posso ficar gastando o dinheiro desse jeito.

Precisava arrumar um emprego. Afinal, quando as aulas voltassem, teria de comprar livros e apostilas para o segundo semestre. Durante as aulas com os filhos da sra. Jo, surgiram duas alunas inesperadas: a sra. Sunrye e a sra. Gildong. Jinha, que era a professora, teve que imprimir o material em letras bem grandes para elas. A primeira aula foi um teste: ler as expressões idiomáticas chinesas de quatro ideogramas e adivinhar os significados.

— *Geoansawi*, em hanja 居安思危, significa pense no perigo quando estiver em segurança — respondeu a sra. Gildong.

— Uau, acertou! — exclamou Jinha, impressionada.

— *Geoansawi*? Achei que esse era o genro do sr. Geoan — interrompeu a sra. Sunrye, fazendo um trocadilho com a semelhança das palavras *Geoan* (nome próprio) e *sawi* (genro).

— Eu também achei que fosse isso — acrescentou Byoungha, entrando na brincadeira.

— Leiam os ideogramas. Se fizerem isso, o significado fica mais claro — disse a sra. Gildong.

Ela então nos explicou em detalhes cada um dos ideogramas da expressão.

— Você teve sorte. Filha de uma família rica, terminou o ensino fundamental e ainda teve tudo do bom e do melhor para comer. Até eu saberia disso se tivesse estudado até o nono ano — disse a sra. Sunrye, fazendo um bico.

— Mas o Byoungha tá no primeiro ano do ensino médio e não sabia — rebateu a sra. Gildong.

— Você precisa mesmo botar o dedo na ferida de quem já ficou em último lugar? — perguntou a sra. Sunrye, dando um tapinha nas costas do Byoungha.

O clima da aula estava diferente, muito mais dinâmico.

— *Gyereuk* significa algo que não serve pra nada, mas seria um desperdício jogar fora, não é mesmo?

Dessa vez, fui eu que acertei.

— Certíssimo! Vem das palavras "costela" e "frango": não tem grande utilidade, mas é um desperdício jogar fora — explicou Jinha.

— Isso não faz sentido. Você tem ideia de como costela de frango é gostoso? — retrucou Byoungha.

— Verdade. Agora fiquei com vontade. Vamos almoçar costela de frango hoje? — perguntou a sra. Sunrye, lambendo os lábios.

— Ah, assim não dá pra continuar a aula. Por favor, parem de mudar de assunto — pediu Jinha, balançando a cabeça.

A sra. Sunrye adivinhou outros quatro ideogramas.

— *Gunjasamnak* (君子三樂), as três alegrias de um homem nobre.

— Sim, certíssimo! As três alegrias de um nobre são…

— Calma aí, as alegrias de um nobre só o próprio nobre sabe. Ei, Hong Gildong, quais são as suas três alegrias? — interrompeu a sra. Sunrye, brincando com o fato de que *Gunjasamnak* (as três alegrias de um homem nobre) soava como uma referência ao nome verdadeiro da sra. Gildong (Lee Gunja) combinado com os ideogramas *sam* (três) e *nak* (alegria).

— *Hmmm*… Café, *soju* e… *jokbal?* — respondeu a sra. Gildong.

— E se comermos *jokbal* em vez de costela de frango hoje? — perguntou a sra. Sunrye.

— Ah, desisto — disse Jinha enquanto largava a caneta, frustrada.

— Desculpa. Na próxima eu fico quietinha e faço tudo direitinho, prometo — disse a sra. Sunrye, tentando consolar Jinha. — Mas, hoje, vamos de costela de frango ou *jokbal*?

— Costela de frango. *E* arroz frito.

Jinha fechou o livro, encerrando nossa primeira aula. Enquanto saíamos todos juntos da Casa Sunrye, encontramos minha mãe na entrada. O som de risadas e conversas desapareceu quase no mesmo instante. Aquele era o mesmo silêncio constrangedor que acontecia quando um grupo de crianças encontrava alguém com quem não queria brincar. Eu sabia bem como era; já tinha vivido várias vezes na escola.

— Mãe da Surim, quer ir comer *gyereuk*? — perguntou a sra. Sunrye, quebrando o silêncio.

— *Gyereuk*?

— Sim. Costela de frango. Parece que os chineses inventaram essa expressão porque achavam um desperdício jogar fora. Decidimos fazer um "estudo empírico" sobre o quanto de carne tem pra comer numa costela de frango.

— Ah, entendi.

— Vem com a gente.

Minha mãe ficou em silêncio. Depois de alguns segundos de constrangimento, ela finalmente perguntou:

— O pai da Surim está em casa, posso levá-lo também?

— Claro, claro. Surim, espere por seus pais e os leve até nós. Você conhece o restaurante de costela de frango Chuncheon, certo?

Sem escolha, acabei indo mais tarde e acompanhando meus pais. Nós nos sentamos juntos à mesma mesa. Meu pai pediu três porções de costela de frango com um adicional de *udon* e, para completar, uma garrafa de *soju*. Diziam que pais pobres ficavam felizes só de ver os filhos comendo, mas, no meu caso, eu me sentia envergonhada de ver tudo o que meus pais, tão pobres, comiam. Minha sugestão de pedir apenas um arroz frito foi ignorada sem alarde. No final, acabaram pedindo mais duas porções com queijo e uma garrafa de refrigerante.

Eu não queria voltar para o 201 nem ir para o 402. Tampouco fazia sentido me juntar ao Byoungha e à Jinha, que iam estudar de novo no terraço. Por sorte, bem naquela hora, o dono da lanchonete Geobuk estava limpando a frente da loja com uma mangueira e uma vassoura. Rapidamente peguei a mangueira e virei meu rosto em direção à lanchonete, tentando evitar os olhares de todos.

— Aconteceu alguma coisa? — perguntou o dono, baixinho.

— Todo mundo já entrou?

— Já.

— A sra. Sunrye pagou costela de frango pra todo mundo.

— Até pros seus pais?

— Sim...

— *Hm*... Bem, o que você acha que a sra. Sunrye diria se eu perguntasse pra ela por que pagou costela de frango pros seus pais?

— "Algumas pessoas pesam noventa quilos, outras cinquenta. O preço para esfoliar a pele é o mesmo. Alguns clientes são rudes, outros educados. Mesmo assim, esfolio a pele de todos da mesma forma. Esse é meu princípio de vida" — falei, imitando a sra. Sunrye.

O dono da lanchonete riu baixinho.

— Eu também quero que a sua família fique bem, sabe? Mas tem algo que me incomoda.

— O quê?

— Na verdade… foi algo que eu disse em um momento de raiva. Falei: "Sendo sincero, aquela mulher precisa perder o apartamento para tomar jeito". Agora, fico pensando se as minhas palavras não acabaram se tornando realidade.

Um arrepio percorreu minha coluna. Logo lembrei de uma conversa que tive com meu falecido avô.

Depois que minha mãe apareceu "sendo sincera" na televisão, o vovô ficou deprimido por um tempo. Um dia, ele me perguntou:

— Surim, será que eu criei minha filha errado? O que posso fazer para que seus pais finalmente amadureçam?

Sem pensar muito, respondi:

— Acho que eles não vão amadurecer. A menos que percam tudo.

Vovô levou minha resposta muito a sério.

— Se perderem tudo… Você acha mesmo que há esperança para eles? — ponderou ele.

Pensando naquilo, perguntei para o dono da lanchonete:

— Será que meu avô se deixou ser enganado de propósito para tentar fazer meus pais crescerem?

— Claro que não.

— Mas ele disse que perder tudo poderia ajudá-los a amadurecer. Lembro bem de ele ter dito isso uma vez. Às vezes, me pergunto se não é tudo parte de algum grande plano do vovô.

— Não, ele não era uma pessoa tão ousada assim. Se fosse mesmo capaz de planejar algo tão grande, não teria passado a vida sendo explorado. E você acha mesmo que ele sabia que morreria enquanto trabalhava? A vida é muito imprevisível. Veja só, no início de janeiro ele faleceu de repente, e a filha, que perdeu tudo, acabou se mudando para o apartamento dele. Ah, é desagradável só de lembrar. Mas não se deve falar as coisas de forma leviana. As palavras têm poder e acabam se tornando realidade.

Seria bom se as palavras do dono da lanchonete se concretizassem mesmo. Afinal, "precisa perder o apartamento para tomar jeito" termina em "tomar jeito" e, em "se perderem tudo, há esperança de amadurecerem", há "esperança". Mesmo começando de forma negativa, ambas trazem a promessa de um desfecho positivo.

— Surim, vamos entrar e comer algo pra refrescar um pouco.

Segui o dono da lanchonete e, na entrada da loja, meus olhos se iluminaram ao ver um anúncio chamativo.

Procura-se ajudante para os finais de semana. Das onze às quinze horas. Ter experiência é um diferencial.

Parecia que uma corda tinha caído do céu para mim.

— Já encontrou alguém?

— Não, acabei de colocar aí.

— Posso me candidatar?

— Você?

— Sim, já te ajudei quando você estava muito ocupado, lembra? Até me elogiou, dizendo que eu tinha jeito para o trabalho. Tenho experiência!

— É verdade, você tem mesmo jeito.

O dono vestiu as luvas que sempre usava para cortar *sundae*, pegou a faca e cortou o pulmão suíno, minha parte preferida.

— Você não recebe mais mesada?

— Não.

— Será que seus pais vão te deixar trabalhar aqui?

— Não estamos exatamente em uma situação em que eles possam negar.

— Tá tão ruim assim?

— Sim.

— Vou conversar com a sra. Sunrye.

— Ah… você não pode só me contratar de vez?

— Não. Mesmo que seus pais deixem, para mim a sua responsável é a sra. Sunrye.

Não foi difícil conseguir a permissão da sra. Sunrye.

— Você já tem 16 anos. Como a situação tá difícil, não vejo problema em trabalhar pra ganhar um dinheirinho. Só garanta que vai receber o salário certinho, tá?

E foi só isso que ela disse.

A tia Myoungjoo emprestou uma câmera "mirrorless" para minha mãe, que ficou superanimada. Ela entrou para um clube de fotografia que a tia indicou e ia participar de sua primeira saída fotográfica. A tia Myoungjoo até pagou a taxa de trinta mil won para ela participar. Generosa e de coração aberto, nem imaginava o que minha mãe falava pelas suas costas, mencionando as notas escolares como se fossem grande coisa.

— Quando eu posto fotos de cafeterias no Instagram, todo mundo elogia. A Myoungjoo, quando trabalhava numa editora, teve uma foto do blog dela usada como capa de um livro e ganhou bem por isso. Mas eu sou melhor que ela. Espere só pra ver, vou começar a ganhar dinheiro com fotografia.

Seria maravilhoso se minha mãe pudesse ganhar dinheiro com fotografia, mas aquele não era o momento para esperar até que isso se concretizasse. Todos os cartões foram bloqueados, a dívida chegava a mais de oito milhões de won e, em breve, o aluguel venceria. A única prioridade naquele momento era sobreviver, enfrentando um dia de cada vez. Eu não queria jogar um balde de água fria na empolgação da minha mãe, mas precisava mencionar o trabalho na lanchonete Geobuk. Para evitar que ela chorasse e fizesse uma cena, menti dizendo que viver novas experiências durante as férias era parte de um dever de casa e que aquele "trabalho" seria apenas uma das experiências. Respirei fundo, firme na decisão enquanto aguardava a resposta. Porém, fui pega de surpresa com a pergunta inesperada:

— Você disse isso pro dono da lanchonete? Que era um dever de casa?

— Não.

— Tem certeza de que ele não vai dizer algo como: "Ah, é só um dever de casa, então não preciso te pagar"?

— Não, ele vai pagar sim, um salário mínimo.
— Certo.

Observei minha mãe com atenção, e me perguntei se ela estava apenas fingindo acreditar na minha mentira e se isso a magoava. Mas ela continuava mexendo na câmera, empolgada.

Faz dez dias que nos mudamos. Meu pai foi reprovado novamente na entrevista final para professor, enquanto eu trabalhava um total de oito horas no fim de semana. O salário mínimo em 2019 era 8.350 won por hora, e, pelas oito horas, ganhava 66.800 won, mais um adicional de 3.200 won, totalizando setenta mil won. O trabalho era mais cansativo do que eu esperava, mas pagava bem.

Todos os dias, eu enrolava três *kimbaps* para praticar. Como não ficavam bons o suficiente para vender, eu comia um e dava os outros para o primeiro escalão.

— Está gostando da nova experiência? — perguntou meu pai, mastigando de maneira barulhenta.

— Mais ou menos.

Minha nova experiência estava sendo bem difícil. Os clientes me chamavam de "mocinha" ou "tia" o tempo todo e havia uma quantidade enorme de coisas para fazer: servir, embalar e lavar pratos, limpar o balcão, atender o telefone, cuidar do caixa... Depois de oito horas de trabalho, cheguei à conclusão de que um *kimbap* vendido por 2.500 won era realmente barato, considerando o esforço envolvido em prepará-lo e vendê-lo.

A sra. Sunrye aproveitava cada oportunidade para me observar trabalhando pela janela. Quando eu terminava meu turno e ia para o 402, ela examinava minhas mãos com cuidado. Já meus pais nem prestavam atenção. Minha mãe, preocupada com as aparências, apenas dizia: "É só uma experiência nova, mas, se alguém vir, pode achar que você está trabalhando porque estamos passando por dificuldades financeiras".

Na cobertura, apareceu um bilhete novo.

Prepare o seu café aqui mesmo.
Não leve os grãos embora.
– 401

As três linhas no post-it foram escritas pela sra. Youngsun. Jinha comentou que parecia ser a primeira vez que ela "falava" diretamente com alguém, e eu concordei. Mas, ao mesmo tempo, senti vergonha, pois sabia que os grãos de café tinham sido levados pela minha mãe.

Este é um espaço comunitário. Por favor, evite usá-lo
como se fosse um espaço privado durante o dia inteiro.
– Síndico da Casa Sunrye, Heo Seongwoo, 301

O Doutor imprimiu o aviso em uma folha A4 com letras grandes e a colou na entrada da cobertura. Nos últimos dez anos, nunca houve necessidade de um aviso assim, porque todos respeitavam as regras mesmo que não fossem escritas. Quem quebrou essas regras implícitas foram meu pai e minha irmã. Eles iam à cobertura, ligavam o ar-condicionado de manhã e só desligavam à noite, e ainda se empanturravam de miojo, café e *kimchi*. A geladeira da cobertura estava completamente vazia. Tudo lá foi devorado pelo primeiro escalão, e ninguém mais se dava ao trabalho de deixar comida. Mesmo assim, o estoque de miojo nunca acabava. Por mais que o primeiro escalão comesse, a sra. Sunrye sempre reabastecia.

— Senhora Sunrye, você é boba, por acaso? Pare de reabastecer o miojo.

Não adiantava nada tentar impedi-la.

— Surim, sabe nos banhos públicos? Sempre tem sabonete lá, né? Algumas pessoas levam para casa. Mas e se, por causa disso, todos ficassem sem sabonete?

— Ah, e aqui virou casa de banho agora?

— Não, não virou. Mas podemos dizer que a cobertura é como um parque comunitário da Casa Sunrye. Só porque alguém corta algumas flores não significa que você deva arrancar todas as plantas do parque. Você coloca uma placa dizendo pra não pegarem as flores, entende?

— E se não respeitarem a placa?

— Aí é só plantar de novo, ué.

— Sei, mas você vai mesmo falar com eles, né? Eles estão acabando com toda a paz da Casa Sunrye. Fale alguma coisa pelo menos.

— Deixa isso pra lá. Achei que eles iam ficar trancados em casa, mas, olha só, estão explorando por aí.

— *Aaah!*

Bati no meu joelho, frustrada. Minha mãe já não se escondia mais do sol. Desde que nos mudamos, ela começou a se aventurar pela Casa Sunrye e pelo bairro inteiro.

— Esqueça essa preocupação e venha me ensinar a mexer na Netfi.

— Esqueceu de novo?

— Aham.

Faz seis dias que a Smart TV foi instalada na sala do 402. Todos os dias, várias vezes por dia, eu tentava ensinar a sra. Sunrye a usar a Netflix. Quando eu pedia: "Agora, sra. Sunrye, tente fazer sozinha do início", ela dizia ter entendido, mas logo apertava o botão errado. Em vez de "pausar", pressionava outra coisa e depois mandava mensagens dizendo que a "Netfi quebrou". Na manhã anterior, ensinei de novo e, como não recebi mais nenhuma mensagem, achei que finalmente tivesse aprendido. Mas parece que, durante a noite, ela esqueceu tudo.

— Surim, a Anne tava escrevendo uma carta pro Gilbert quando derramou tinta. Aí pausei pra ir ao banheiro, mas, quando apertei de novo, a Anne não tava entrando mais.

— Ai, ai.

— Você tá brava por minha causa, né?

— Agora entendo por que até mesmo casais brigam quando um tenta ensinar o outro a dirigir.

— Desculpaaa — disse a sra. Sunrye, tentando fazer uma expressão fofa.

Mas minha paciência estava no limite e, se eu continuasse tentando ensiná-la, acabaríamos brigando com certeza. Por isso, resolvi passar o problema para a Jinha.

Em apenas uma hora, Jinha explicou tão bem que a sra. Sunrye estava não só assistindo *Anne with an E*, como também navegando pela Netflix com extrema facilidade.

— Oh Surim, foi você quem ensinou errado, então por que tava brigando com ela? Senhora Sunrye, me escolha como sua confidente. Sabia que a Oh Surim usa descartáveis quando você não está olhando? Já eu faço de tudo para reduzir o uso de plástico e a poluição com dióxido de carbono. Eu mereço ser sua confidente número um! — disse Jinha, me provocando.

Eu não tinha como argumentar, ela estava certa. O segredo da Jinha para ensinar a sra. Sunrye foi algo muito simples: uma folha de calendário. No verso, ela desenhou um controle remoto gigante e escreveu as instruções de forma clara e fácil de entender.

— É difícil para um professor ensinar seu próprio filho, assim como é complicado ensinar Netfi pra alguém tão próximo. A Surim só não conseguiu me ensinar direito porque é a pessoa mais próxima de mim — respondeu a sra. Sunrye, recusando o "pedido de substituição de confidente" da Jinha.

Depois disso, ela mergulhou novamente na série favorita. O personagem de que ela mais gostava era o "sr. Matthew". Disse que, se existisse alguém como ele, ela até consideraria se apaixonar de novo.

A sra. Jo sugeriu à sra. Sunrye que instalasse painéis solares na cobertura, e fez questão de que minha mãe ouvisse.

As três se encontraram por acaso na entrada do térreo e ela aproveitou o momento para fazer a sugestão.

— Ela sabe que nós falimos por causa de painéis solares e ainda fica sugerindo esse tipo de coisa na minha frente! — gritou minha mãe entrando no 201.

Enquanto minha mãe esbravejava, Jinha espiava pela porta.

— Vim jogar a segunda rodada de sal grosso. Para combater as formigas de fogo.

— Tá, faça como quiser.

— Ok — respondeu Jinha, já espalhando o sal.

— Ai, sinto que minha cabeça vai explodir só de ouvir as palavras "painel solar".

— Senhora, transformar energia solar em eletricidade pode ser feito de duas formas: geração fotovoltaica e térmica. A geração fotovoltaica usa células solares para converter a luz do sol em eletricidade, enquanto a térmica aquece água para produzir vapor, que movimenta turbinas e gera energia elétrica — explicou Jinha.

Minha mãe olhou para Jinha com uma expressão irritada. Até aquele momento, eu sempre achei que os conhecimentos científicos da minha amiga fossem disparados involuntariamente, mas percebi que, às vezes, eles também eram lançados de propósito.

— Tá se vingando? — perguntei baixinho enquanto minha mãe fechava a porta do quarto.

— Aham.

— E até quando pretende continuar?

— Sempre que tiver a oportunidade — respondeu Jinha, sorrindo de leve, como a sra. Jo na outra noite.

Meus pais realmente não sabiam conversar em voz baixa. Meu pai ainda tinha esperança de que minha segunda tia viria nos visitar. Ele acreditava que, ao ver como estávamos vivendo, apertados em um lugar como aquele, ela mudaria de ideia e nos ajudaria.

O maior interesse dos dois, porém, era a "rentabilidade da Casa Sunrye". Eles tinham descoberto que a casa poderia ser vendida por mais de dezessete bilhões de won. Além disso, se a sra. Sunrye cobrasse pelo uso da cobertura, mesmo sem aumentar o aluguel, poderia arrecadar mais cerca de quatro milhões de won mensais.

Casa Sunrye = dezessete bilhões = quatro milhões mensais garantidos.

Aquela forma de atribuir valores à Casa Sunrye me incomodava muito. Não gostava da ideia de quantificar o valor do prédio.

— Então, isso significa que os proprietários daqui são mais ricos do que os moradores do Wonder Grandium, né?

— Parece que sim. O prédio da casa de moagem ali na frente é ainda maior. Deve valer mais de vinte bilhões de won, né?

— E quem é o dono daquele prédio?

— O dono da casa de moagem.

— Você tá me dizendo que o próprio dono mói pimenta e prensa óleo de gergelim?

— Isso mesmo. E, mesmo velhote, ainda faz entregas naquela bicicleta velha e toda remendada.

— Que bairro estranho, né? Será que eles fazem isso de propósito, para esconder que têm dinheiro? Aquela velha, por exemplo, se veste de um jeito tão antiquado — comentou minha mãe.

Os dois pareciam bastante surpresos ao perceber que, fora dos muros do Wonder Grandium, havia pessoas mais ricas do que dentro do castelo.

— Se têm tanto dinheiro, por que moram em um lugar assim?

— Será que aguentam viver aqui só porque têm uma casa própria?

Deixei escapar uma risadinha ao ouvir o palpite do meu pai. A sra. Sunrye não "aguentava" viver lá; ela aproveitava e muito a Casa Sunrye e Geobukdong.

— Quando aquela velha morrer, o filho dela deve herdar tudo, né?

— Provavelmente. Não há nenhuma hipoteca registrada no imóvel.

Quando foi que ele consultou o registro de propriedade? E olha que nem pagamos depósito para nos mudar...

Pensei em como era estranho que meu pai, que só descobriu o que era um pré-contrato aos 47 anos, pudesse ser tão meticuloso em algo assim.

— Esse filho tem muita sorte.

— Dizem que ele mora no Canadá.

— Então, talvez não venha reivindicar a herança, né?

Quando a sra. Sunrye falecer, seu filho com certeza vai vir para organizar o funeral, mas ele não vai herdar a propriedade. E eu, como confidente dela, sei o motivo.

Mas não vou revelar para ninguém, muito menos para o primeiro escalão.

Para entender a questão da herança da Casa Sunrye, precisamos voltar cinquenta e cinco anos atrás, para o casamento da sra. Sunrye. Seu ex-marido era agiota, mas não havia sido assim desde sempre. No início do casamento, ele era apenas o dono de uma relojoaria na cidade, que, com os lucros do negócio, começou a emprestar dinheiro com juros abusivos. Dez anos depois, ele abandonou completamente a relojoaria e se tornou um agiota. A sra. Sunrye tentou impedi-lo, mas foi inútil. Ele passava o dia todo ameaçando devedores que não conseguiam pagar os juros a tempo. Com as mesmas mãos que agarrava as pessoas pelo colarinho e as espancava, ele dava carinho para o filho e tentava abraçar a sra. Sunrye, que sentia repulsa dele por isso.

— Ele era muito dedicado, com um forte senso de família, mas era uma pessoa extremamente ruim — descrevia a sra. Sunrye.

Determinada a se divorciar, ela documentou em detalhes todos os crimes cometidos por ele em um caderno. O homem ficou com tanto medo daquelas provas que aceitou o divórcio e até permitiu que o filho ficasse com ela, mas não pagou nenhuma pensão alimentícia.

— Estou aliviada por não ter que te criar com dinheiro sujo. Vamos viver pobres, mas com dignidade — disse ela ao filho.

Seu filho a apoiou, garantindo que estava tudo bem.

O problema surgiu quando o ex-marido morreu repentinamente. O filho, então, decidiu reivindicar a herança do pai.

— Esse dinheiro veio de ameaças a pessoas vulneráveis. Doa tudo — aconselhou a sra. Sunrye.

Mas o filho não lhe deu ouvidos e pegou a herança. Então, decidiu emigrar para o Canadá, alegando que não queria mais viver no país como filho de um agiota.

— Seu ingrato! Deixe o dinheiro aqui, se quer tanto partir sem essa imagem. Só assim você estará indo embora de verdade — implorou a sra. Sunrye, mas não adiantou.

Ela desistiu de persuadi-lo, mas conseguiu que ele lhe prometesse duas coisas: primeiro, que seria uma pessoa menos cruel que o pai; segundo, que renunciaria à herança dela, pois ela planejava doá-la. O filho assinou um termo de compromisso e partiu para o Canadá. A sra. Sunrye registrou o documento em cartório. Então, quando falecer, toda a herança será destinada à ONG Médicos Sem Fronteiras. Apenas o vovô, eu, o casal Gildong e a família do filho no Canadá sabemos que a Médicos Sem Fronteiras era a herdeira. Com a morte do vovô, na Coreia, apenas eu e o casal Gildong sabemos disso.

Existem tantas ONGs no mundo, por que será que ela escolheu logo a Médicos Sem Fronteiras?

Fiquei curiosa de repente, e enviei uma mensagem para a sra. Sunrye.

> Sra. Sunrye, tá acordada?

> Mensagem pausa Anne.

Ela estava assistindo *Anne* e apertou o botão "Pausa" por causa da minha mensagem.

> Já passou da meia-noite. Você está viciada!

> O que foi?

> Fiquei curiosa de repente. Por que você escolheu a Médicos Sem Fronteiras?

> Sem fronteira.

> Hã?

> Ódio fronteiras. Limites.

Significava "Odeio fronteiras. Odeio limites".

> Não, quero dizer, por que você decidiu doar sua herança pra ONG Médicos Sem Fronteiras?

A sra. Sunrye me ligou. E, em um tom quase sussurrado, disse:

— Porque disseram que não têm limites. Não é uma organização com demarcação, é uma sem fronteiras. Agora, preciso assistir *Anne*. Chega de mensagens.

E, então, ela desligou.

Enquanto meus pais sussurravam no quarto, invejando o imigrante canadense e os donos dos prédios, a sra. Sunrye estava imersa em *Anne with an E* no 402, e Oh Mirim dormia ao meu lado, rangendo os dentes. Eu, por outro lado, adormeci refletindo sobre o significado de "não ter fronteiras".

Parte 5

Como usar a cobertura ficou constrangedor depois dos avisos, meu pai começou a ir cedo para a biblioteca. Minha irmã também. Minha mãe e eu almoçávamos enquanto assistíamos TV. Após o jornal do meio-dia, começou um programa chamado *Pelas Trilhas da Vida*. A protagonista era uma senhora que, após o marido falir, sustentou os quatro filhos com um restaurante de *guksu*, macarrão. Com o tempo, o restaurante foi ficando famoso e passou a atrair pessoas de todo o país.

— Mãe, essa senhora também já foi esposa de um empresário.

— É mesmo.

— Na TV tem muita gente assim. Pessoas que começaram do zero e se tornaram grandes empreendedores.

Minha mãe, de repente, colocou os palitinhos sobre a mesa com força.

— Ei, seja sincera, você está dizendo isso só pra me provocar, né?

Às vezes, ela é assustadoramente perceptiva. De fato, eu tinha dito aquilo para provocá-la.

— Você ia gostar se eu te comparasse com alguém que é o primeiro da turma, sendo que você nem frequenta um cursinho?

— Não.

— Então por que você faz isso comigo? Eu não consigo, tá? Não tenho esse tipo de capacidade — reclamou minha mãe, começando a chorar.

Consegui entender um pouco como ela se sentia. Eu também me sentiria pressionada se ela exigisse que eu, uma aluna mediana, fosse a melhor da turma.

Minha mãe tinha voltado desanimada do passeio fotográfico do clube recomendado pela tia Myoungjoo. Lá, todos os membros usavam câmeras 5D Mark IV, e ela descobriu que montar um kit completo de fotografia custava pelo menos sete milhões de won. Também descobriu que, mesmo entre os fotógrafos mais experientes, quase ninguém conseguia ganhar dinheiro com isso. Era, de fato, um clube formado por pessoas que amavam fotografia.

— Você me trouxe pra cá só pra me torturar, né? Agora até a filha da faxineira vai dar aula na Escola Geobuk... Que raiva!

— ...

— Aliás, você já viu o filho da sra. Sunrye? — perguntou minha mãe enquanto enxugava as lágrimas.

— Sim, quando eu era pequena, ele veio à Coreia. Lembro dele bem vagamente.

— Ele tem bastante contato com a sra. Sunrye?

— Ah... acho que sim.

De repente, minha intuição de *confidente* entrou em alerta. Aquilo parecia ter alguma relação com a conversa que ouvi na noite anterior sobre a imensa herança da Casa Sunrye.

— Eles se dão bem?

— Bom... De vez em quando ela recebe pacotes internacionais, tipo suplementos alimentares.

— O que ele faz no Canadá?

— Ele é dono de um supermercado.

— Ele é rico?

— Ah... Não sei muito bem.

— É ele que vai herdar o prédio, né?

— *Hm...* Isso eu também não sei.

— Como você, a pessoa mais próxima dela, não sabe disso?

Senti que estava suando frio. Fingir não saber de algo era mesmo desafiador.

— A sra. Gildong sabe?

— Não sei.

— Ah, vou perguntar pra ela então.

— Tá.

Almocei bem devagar de propósito. Depois, fui discretamente para o quarto e mandei uma mensagem para a sra. Gildong:

> Vamos nos encontrar em segredo, minha mãe não pode saber.

A reunião secreta foi marcada para dali a cinco minutos, no 302. Como tudo foi muito apressado, o sr. Gildong apareceu com pedacinhos de pimenta nos dentes.

Contei a eles sobre os assuntos que meus pais andavam discutindo — o "filho do Canadá" e o rumor de que a Casa Sunrye valeria dezessete bilhões de won.

— Como confidentes, o quanto devemos contar a eles? — perguntei.

— Ei, você é a verdadeira confidente dela. Nós, no máximo, somos pessoas com quem ela desabafa de vez em quando — respondeu o sr. Gildong, balançando a cabeça.

— Certo... vamos pensar. Se conduzirmos bem a curiosidade da sua mãe... isso pode até virar a oportunidade perfeita para melhorar a relação dos seus pais com os moradores da Casa Sunrye — falou a sra. Gildong, coçando a cabeça.

— Sim, eu também pensei nisso! — concordei, animada.

— Mas como vamos aproveitar essa situação pra ensinar sua família a ser um pouco mais educada? — perguntou a sra. Gildong.

Era verdade que meus pais não eram exatamente educados, mas ouvir isso de outra pessoa incomodava. Contei a eles o que minha mãe havia mencionado mais cedo, quando chorou por causa da senhorinha do restaurante de *guksu*: que, para ela, a situação de não ser boa o bastante era tão sufocante quanto seria para mim se alguém exigisse que eu fosse a melhor aluna da escola.

— Sua mãe tem medo, então. Eu já imaginava. Ela deve ter tão pouca confiança em si mesma que precisa se validar morando em um apartamento caro. Que vida vazia, em que esse é o único motivo de orgulho… — disse a sra. Gildong, soltando um suspiro.

— Devemos contar para a Sunrye que estamos planejando algo para dar um jeito nisso? — perguntou o sr. Gildong.

— Não. Ela detesta truques.

— Então vamos desistir?

— Também não. Estou com medo de que eles a magoem se não fizermos nada.

A sra. Gildong comentou que ela mesma ficaria sentida se as boas intenções da sra. Sunrye fossem frustradas. Por isso, sugeriu que fizéssemos o possível para protegê-la, afinal, sua bondade facilitava muito nossa vida.

— Acho que é válido usarmos algumas artimanhas. Ainda mais se for pelo bem de todos — falei.

— Sim, você tem razão. As coisas não podem continuar como estão. Ontem, sua mãe me perguntou por que a sra. Jo vai deixar o filho virar "um mero cabeleireiro". "Um mero cabeleireiro", sério? Imagina se a sra. Jo ouvisse isso. Seria um desastre.

— Jura? Ela perguntou isso pra você?

— Aham.

Fiquei aflita. Minha mãe realmente não tem jeito.

— Seu pai também me preocupa. O Doutor disse que está ficando louco com o pessoal do 201. Essa foi a primeira vez que o ouvi falar algo assim. Segundo ele, seu pai disse que a sra. Sunrye chamou a família de vocês porque está velha e sem ninguém em quem confiar. Além disso, ele age como se fosse parente da dona do prédio, dando pitaco na limpeza das escadas. O Doutor também se arrepende de ter aceitado a mesa de vocês e está pensando em jogá-la fora — disse o sr. Gildong com a testa franzida, claramente incomodado.

Senti meu coração apertar de vergonha. Meus pais pareciam crianças pequenas abandonadas à beira de um rio: despreparados e sem a menor ideia de como enfrentar o mundo real. Eu precisava rezar todos os dias para que eles não causassem problemas e ficassem bem.

— Bem, parece que minha cabeça ainda está funcionando. Surim, pode descer, nós vamos planejar um esquema. Mais tarde, venha aqui para assistir tudo de camarote. Estaremos prontos em menos de uma hora — disse o sr. Gildong, todo orgulhoso.

— Teve alguma ideia boa? — perguntou a sra. Gildong, curiosa.

Eu, por outro lado, não tinha energia nem para sentir curiosidade. Menos de duas semanas se passaram desde que trouxe o primeiro escalão para a Casa Sunrye, mas pareciam anos. A exaustão e o estresse me faziam sentir como se tivesse envelhecido décadas antes da hora.

A sra. Gildong realmente veio e bateu à porta do 201 em menos de uma hora. Foi a primeira vez que alguém da Casa Sunrye veio à nossa porta desde que nos mudamos.

— Mãe da Surim, está ocupada?
— Não.
— Vou fazer *kimchi*. Quer me ajudar? Se gostar de *kimchi* fresco, posso te dar um pouco.

— Sim, claro.
— Então vamos lá pra minha casa.
Minha mãe parecia animada com a visita da sra. Gildong. Afinal, já tinha elogiado o *kimchi* da geladeira da cobertura diversas vezes. Sem falar que não tínhamos dinheiro para comprar os ingredientes para fazer em casa.
— Surim, se você não estiver ocupada, venha nos ajudar a descascar as cebolas e o alho.
— Tudo bem.
A expressão da sra. Gildong era confiante. Comecei a ficar animada para saber qual era seu plano.
— Ah, a sala do apartamento 302 é bem espaçosa! — comentou minha mãe ao entrar no apartamento.
Já conseguia prever o que ela diria quando voltássemos ao 201: "Por que aquela mulher deu o 201 para o meu pai? Ela deveria ter dado um apartamento amplo e iluminado como o 302, já que dizia amá-lo"; Ou: "Por que não pedimos o 302 para a sra. Sunrye? Se aquele lugar vagar, podemos ficar com ele". As reações da minha mãe sempre me deixavam desconfortável, mas, ao mesmo tempo, eram bastante previsíveis. Para alguém como a sra. Gildong, minha mãe era extremamente fácil de manipular.
— Surim, vá para o quarto, abra a janela e descasque as cebolas. Só de sentir o cheiro delas me faz chorar. Acho que é coisa do meu corpo — disse a sra. Gildong.
— Ok.
Peguei a bandeja de cebolas e fui para o quarto. A sra. Gildong descascava cebolas como ninguém. Mesmo com o ardor, ela não chorava. Começar com uma mentira parecia um indicativo de que ela tinha planejado algo grande.

— Querido, leve uma toalha para a Surim. As cebolas fazem as pessoas chorarem.

— Claro.

O sr. Gildong entrou no quarto com uma toalha e sussurrou:

— Surim, enfie o rosto no edredom se não conseguir segurar o riso. Te colocamos aqui porque achamos que você não vai se aguentar.

Ele piscou para mim com uma expressão animada e um tanto tensa. Por causa das sequelas do derrame, o sr. Gildong ainda não recuperou totalmente o movimento do rosto, e sua piscadela foi meio melancólica.

A sra. Gildong provocava minha mãe com habilidade. Enaltecendo a Casa Sunrye, ela dizia coisas como: "Esta casa foi construída com materiais de primeira e está em ótimas condições. Se fosse colocada à venda pelo preço do mercado, seria vendida rapidinho". Eu havia comentado com o casal do 302 que meus pais descobriram que a casa valia dezessete bilhões de won, mas a sra. Gildong aumentou esse valor, dizendo que valia vinte bilhões de won. E continuou dizendo que, se o meu avô tivesse se casado com a sra. Sunrye, nunca teria sido enganado; que a sra. Sunrye era uma mestra na gestão de patrimônio e que quando se divorciou não tinha nada, mas hoje era proprietária de um prédio de vinte bilhões de won.

— Mãe da Surim, por que não convenceu seu pai a se casar com a Sunrye? Você queria evitar que ele se sentisse sozinho, não queria? Mas acho que ele não conseguia esquecer a sua mãe, não é?

— Ah, sim.

Fiquei curiosa para ver a expressão da minha mãe enquanto ela encarava o casal Gildong.

— Ah, devemos ouvir mais nossos filhos à medida que vamos envelhecendo. Não sei por que seu pai não seguiu o conselho da filha inteligente que tinha.

O sr. Gildong tinha razão. Quase não aguentei e comecei a rir muito.

— É uma pena, vocês jogaram fora uma loteria que estava na palma da mão de vocês. Se o seu pai tivesse confiado o dinheiro à Sunrye, ele teria conseguido não apenas um, mas dois apartamentos.

— Ah... ela é tão habilidosa assim com investimentos?

— Claro!

Minha mãe começou a se deixar levar cada vez mais pela conversa da sra. Gildong.

— Além disso, se pessoas inteligentes como vocês cuidassem bem da Sunrye até ela partir, talvez até recebessem metade deste prédio como herança.

— O quê?

— Está surpresa?

— Não, não é isso... É só que... ela tem um filho, né?

— Ah, este prédio não vai pro filho dela, não.

— Por que não?

— Não sei se deveria contar isso... Bom, nesse caso acho que não tem problema, afinal, é só pra você, mãe da Surim. Este prédio vai trazer luz ao mundo.

— Como assim?

— Quando a Sunrye partir, ela fará com que este lugar se torne algo que vai iluminar o mundo.

— O que isso quer dizer?

— Não sei os detalhes. Mas você sabe como a Sunrye é generosa, né? Acho que ela vai deixar para as pessoas que também são generosas, pessoas de quem ela gosta de verdade.

— E de qu... de quem ela gosta?

Minha mãe estava completamente imersa na narrativa da sra. Gildong. Parei de descascar as cebolas e prendi a respiração.

— Olha, é mais fácil saber do que ela não gosta. Primeiro, ela odeia limites. Fronteiras, por exemplo.

— O quê?

— Por exemplo, ela detesta que dividam as coisas entre normal e anormal.

Será que minha mãe percebia que a sra. Gildong estava alfinetando ela? Que a estava repreendendo enquanto sorria, tratando-a como uma tola?

— Tá, tudo bem, a sra. Sunrye não gosta de fronteiras... Mas de quem ela gosta?

— Bem, ela gostava do avô da Surim, mas ele faleceu. Agora, acho que a pessoa mais próxima dela é a própria Surim...

— Surim? A minha Surim? — perguntou minha mãe, elevando o tom de voz.

— Claro, ela gosta bastante da Surim. Sunrye não deixa barato pra quem faz algo ruim com ela. Ah, quem era mesmo? Teve uma pessoa que disse que a Surim era uma bocó e isso fez a Sunrye deixar de ajudá-lo. Querido, você se lembra quem foi?

— Ah, ah, acho que sei. Alguém que morava lá embaixo.

O sr. Gildong não era tão bom naquilo quanto a sra. Gildong. Ele estava visivelmente nervoso, tentando seguir o plano, e acabou gaguejando um pouco.

— Isso, aquela pessoa lá de baixo. Queria se mudar pra Casa Sunrye, mas acabou indo embora do bairro. Disse que a Surim era uma bocó, então a Sunrye não alugou pra ela.

— Quem disse que minha Surim era uma bocó?

Minha mãe, meu pai, Oh Mirim. Essas são as três pessoas que me chamaram de bocó na vida.

— Pois é. Uma menina tão responsável como a Surim... Você não sente uma tranquilidade só de olhar pra ela?

— Como assim?

— Ela é o melhor tipo de filha. Não é sensível demais e dá um jeito de seguir em frente, mesmo enfrentando dificuldades. Parece que ela nasceu com um talento especial para viver bem.

— Ah, sim...

— A Sunrye adora a Surim. Ela é tão gentil, nunca diz nada que vá magoar as pessoas. Qualquer um que fosse tão querido pela proprietária já estaria se achando, mas a Surim é tão humilde.

— Claro, minha filha é um amor. Ela foi até elogiada pela professora do ano passado, disse que ela tem uma alta inteligência prática. Aquela professora era ótima em entender os alunos.

Estava sendo cada vez mais difícil segurar o riso.

— A Sunrye se esforçou muito para superar as dificuldades da vida, sabe? Talvez por isso goste tanto de quem se esforça. Conhece o Doutor do 301? Ela o adora. Ele faz de tudo, prepara *kimbap* de madrugada, faz entregas, limpa o corredor, faz faxina para os novos inquilinos…

— Ah, mas eu também consigo preparar *kimbap* de madrugada.

— É mesmo? Pelo jeito que você usa a faca, parece que tem talento. Quer que eu fale com o dono da lanchonete Geobuk? Posso dizer que você também está disponível para fazer *kimbaps* de madrugada.

— Claro!

A sra. Gildong é incrível. A sra. Sunrye tem razão: se ela quiser, pode se tornar a maior golpista da história.

— Não posso dizer com certeza, mas tenho a sensação de que a Sunrye vai deixar o prédio pra Surim.

— Pa… para a minha Surim?

— Sim, mas é só uma sensação. Se não me engano, o filho dela assinou um termo abrindo mão da herança e foi pro Canadá. Se não for o filho, quem mais seria? Só pode ser a Surim.

— Ele assinou um termo?

— Sim, acho que até registraram em cartório.

— Ah.

— A Sunrye é maravilhosa, não é?

— Sim, ela é uma pessoa admirável.

— Não é uma honra? Seu pai foi companheiro dela por tanto tempo.

— É uma honra mesmo. Até o dia em que a sra. Sunrye partir, nossa Surim vai cuidar bem dela.

— Sim, a Surim com certeza vai cuidar bem dela.

— Claro! O vínculo entre nossa Surim e a sra. Sunrye transcende laços de sangue, é lindo de verdade. Sendo sincera, posso dizer que nossa família toda cuidará bem dela!

Não consegui me segurar mais. Cobri o rosto com o edredom e comecei a rir.

— Surim. — O sr. Gildong abriu a porta devagarinho, mas a fechou logo em seguida. — Ah, a Surim está dormindo. Parece que estava cansada. Pode ir, mãe da Surim, e deixe-a descansar. Terminamos rápido em três!

Depois que minha mãe desceu, fiquei rindo com o casal Gildong por um bom tempo. Foi a primeira vez que ri tanto assim desde que o vovô faleceu.

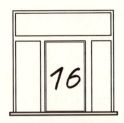

Foi anunciada a abertura de inscrições adicionais para o Programa de Professores Temporários de 2019. O Doutor comentou que provavelmente tanto meu pai quanto ele seriam selecionados, já que o número de vagas é bem grande.

Jinha declarou que abriria mão de sua pequena vingança por causa de Byoungha.

> Byoungha ficou bravo porque eu disse que joguei sal na sua casa.

> Por quê?

> Porque você também mora lá, e ele disse que não é certo jogar sal.

> Hã?

> Ele disse pra não me vingar da sua mãe
> porque ela pode se tornar a sogra dele um dia.

> ???

> Ele comentou que, quando você era pequena,
> vivia dizendo que ia se casar com ele.
> E acredita nisso até hoje. Disse que, se vocês
> dois ainda estiverem solteiros aos 30,
> vai tentar alguma coisa.

> Meu Deus!

> Ele falou super sério. Disse que, como nossas
> famílias não se dão bem, vocês podem
> até acabar virando Romeu e Julieta.
> Então pediu pra eu parar. Por ele.

A Oh Surim de 7 anos realmente gostava do Byoungha, costumava dizer que se casaria com ele quando crescesse. Mas parei de falar isso logo depois de entrar na escola. Nunca houve sequer um pingo de romance entre nós. Nossa relação sempre foi como a de irmãos que se dão bem: nada especial, mas também sem atritos. E tudo o que o Byoungha disse para a Jinha era… mentira.

> Surim, só pra avisar, vou inventar umas mentirinhas
> pra tentar manter a paz na Casa Sunrye, ok?

Essa foi a mensagem que o Byoungha me enviou quando me mudei. No dia, não perguntei sobre as "mentirinhas", mas, graças à Jinha, descobri do que ele estava falando. Meu coração se aqueceu. Fiquei grata por ele ter usado até mesmo o trunfo "Romeu e Julieta" para tentar preservar a paz.

Meus pais caíram completamente no plano do casal Gildong. Naquela noite, saí de casa de propósito, para voltar na mesma hora que Oh Mirim e meu pai. O primeiro escalão teve uma reunião minuciosa, para maquinar cada detalhe.

Quando encontravam a sra. Sunrye, meus pais faziam uma reverência exagerada. Passaram até a comprar frutas e colocar na geladeira da cobertura. Também estavam se esforçando para tomar cuidado com o que diziam. Minha mãe começou a acordar às duas da manhã para trabalhar na lanchonete Geobuk. O turno da madrugada pagava melhor. Trabalhando das duas às oito horas, ela ganhava setenta mil won e ainda levava quatro *kimbaps* para casa. Ela não parava de mexer no dinheiro, como se não acreditasse.

— Sabia que... este é o primeiro salário que eu ganho na vida?

Meu pai ficou com uma expressão mais séria, apesar de mastigar os *kimbaps* com gosto. Eu ganhei meu primeiro salário no verão dos meus 16 anos; enquanto a minha mãe foi no verão dos seus 43. E então percebi que, apesar de tudo, eu cresci sob condições melhores do que ela. Não sabia que tipo de trabalho eu faria no futuro, mas tinha certeza de que, aos 43 anos, não teria o mesmo medo que minha mãe teve ao encarar o mercado de trabalho pela primeira vez.

— Ganhei setenta mil won pela primeira vez na vida. E quatro *kimbaps*. Hoje em dia até o custo de uma refeição assusta.

— Não é bem assim, mãe. Você era dona de casa. Metade do dinheiro que o papai ganhou foi graças a você — respondi.

Ninguém contestou o que eu disse. Apesar do clima solene, era algo de que ninguém discordaria em qualquer outra ocasião. Minha mãe, que caíra na armadilha da sra. Gildong ao entrar no 302, saiu de lá parecendo uma pessoa muito diferente. Meu pai, ao ouvir o que aconteceu, também se transformou.

— Por que sua mãe tá agindo assim de repente? — perguntou a sra. Sunrye.

— Assim como?

— Ela fez algumas comidinhas e me trouxe.

— Acho que até as pulgas têm vergonha na cara — respondi, fingindo estar tranquila, com medo de que o plano fosse descoberto.

— Ainda acho estranho. Ela nunca fez nem papinha pra você.

— Ela começou a fazer *kimbaps* de madrugada e ganhou setenta mil won. Pareceu bem emocionada. Disse que era o primeiro dinheiro que ganhava sozinha na vida. Deve ter comprado os acompanhamentos com esse valor.

— Sua mãe foi fazer *kimbap* de madrugada? Parece que ela tá amadurecendo rápido.

Eu torcia desesperadamente para que o plano desse certo, e que a sra. Sunrye nunca descobrisse. Assim como vovô faleceu sem saber que foi enganado, esperava que ela nunca percebesse que minha mãe estava agindo daquele jeito por interesse em tomar a Casa Sunrye.

— Ah, verdade! Você e o Byoungha vão virar Romeu e Julieta, então? — perguntou a sra. Sunrye, tocando de leve na minha bochecha.

— Que Romeu e Julieta o quê? Foi a Jinha que disse isso?

— Aham.

— É mentira do Byoungha.

— O quê?

— Ele mentiu pra manter a paz na Casa Sunrye. Foi porque a Jinha estava se vingando da minha mãe.

— Ah, e eu aqui feliz achando que você e o Byoungha dariam certo. Ele foi seu primeiro amor, né?

— Ele não é ruim. Mas seria um desperdício.

— Como assim?

— Na família do Byoungha, não tem ninguém que cause vergonha: *todos* se comportam bem, não há pessoas problemáticas. Como eu poderia querer me tornar parente deles, tendo uma família de "primeiro escalão" tão bagunçada?

A sra. Sunrye me fitou em silêncio.

— Ah, então você ainda gosta do Byoungha.

— Não, claro que não! Juro!

— Jura que já pensou até em casamento? — provocou a sra. Sunrye, rindo.

Será que pensei mesmo em casamento?

Nem eu conseguia me entender.

Enquanto minha mãe mudou de maneira óbvia e drástica, meu pai foi bem mais discreto e esperto. Ele começou se aproximando do Doutor, dizendo que havia aprendido muitas coisas vivendo na Casa Sunrye. Depois, o homem que nem arrumava o próprio quarto começou a limpar o terraço, e até disse que queria acompanhar o Doutor nas entregas da madrugada. Mas, como não tinha carro, acabou trabalhando à noite no depósito de encomendas. Minha mãe até parecia satisfeita fazendo "*kimbaps* da madrugada", mas meu pai se sentia frustrado com o trabalho no depósito. Ainda assim, ele continuava "tentando imitar o Doutor, de quem a Sunrye gosta".

— A Casa Sunrye é como uma loteria bem diante de nós. Temos que aguentar pelo menos isso — sussurrou meu pai para minha mãe, tarde da noite.

Ouvi claramente o que ele dizia, afinal sua voz era sempre alta.

Eu também queria, como a sra. Gildong, repreender os tolos do mundo mantendo o sorriso no rosto.

— Sinto falta da minha professora do ano passado — falei de repente, na frente de todos do primeiro escalão.

— Ah, você vai vê-la logo, quando as aulas voltarem — respondeu minha mãe com gentileza.

— Ela foi transferida pra outra escola. É aquela professora que você criticou dizendo que não entendia os alunos direito, lembra?

— Que conversa é essa? Eu não a critiquei. Ela te elogiava tanto, por que eu faria isso?

— Naquela época, eu ficava feliz mesmo estando em décimo terceiro lugar. Mas agora que fiquei em décimo segundo, não tô feliz.

— Por que não tá feliz? Você vai se sair muito bem neste mundo — disse minha mãe, com um sorrisinho.

— Não sei. Minhas pernas doem, e eu não tô feliz.

— Suas pernas doem? Quer que eu faça uma massagem?

E, assim, minha mãe começou a massagear minhas pernas durante a noite. Ela fazia isso só para mim, e nunca para a Oh Mirim. Enquanto recebia a massagem, minha mente começava a divagar.

Estávamos no período da Dinastia Joseon[*]. Após o segredo de seu nascimento ser revelado, a princesa Oh Surim recebia cuidados da rainha que antes a maltratava. Séculos depois, em 2004, ela reencarnou em uma época em que ser proprietário de imóveis era mais poderoso do que ser um rei. Sua verdadeira identidade voltou a ser secreta, e ela tornou a ser menosprezada e chamada de "bocó". Mas, em um verão, aos seus 16 anos, descobriram que ela se tornaria uma futura proprietária de imóveis. Aqueles que antes a desprezavam agora se curvavam, oferecendo massagens.

–- Que nojo — zombou Oh Mirim, interrompendo a divagação. — Fica pagando de virtuosa, mas agora tá aí, se achando superior. Só porque vai herdar um prédio acha que pode pisar nos outros?

---

[*] Dinastia Joseon (조선시대): foi o último e mais longo reino da história coreana (1392-1897). [N.T.]

Recuperei os sentidos de repente, e percebi que Oh Mirim tinha mais integridade do que minha mãe e meu pai juntos. Ela não dava a mínima para o fato de eu ser herdeira e permanecia fiel à sua personalidade.

As palavras dela ecoaram na minha cabeça. Eu me levantei da cama e, ainda de pijama, subi devagar até a cobertura. Enquanto ouvia o som dos insetos do final do verão, fixei meus olhos no Wonder Grandium.

Ah, droga. O primeiro escalão sempre me menosprezou... Então por que me sinto tão mal depois de abusar só um pouquinho do poder?

Fiquei irritada. O abuso de poder foi satisfatório, mas não me trouxe felicidade. Era uma satisfação desconfortável e inquietante. Meu coração não estava em paz.

— Surim.

A voz da sra. Sunrye veio da escuridão da cobertura.

— Ei, o que você tá fazendo aí no escuro? — perguntei.

— Estava pensando em *In*.

— No inverno?

— Inexperiente, incipiente, imaturo, inacabado.

— Ainda está lendo o livro de língua coreana?

— Aham.

— Tá gostando?

— Sabe, o livro didático pega trechos específicos de vários livros e coloca lá. Alguns desses trechos são fáceis. Mesmo que o livro como um todo seja difícil, algumas partes são bem simples.

— ...

— Acho que a vida também é assim.

— Quer dizer que o todo é difícil?

— É, o todo é difícil, e começos também são. Velha inexperiente... Acho que ainda sou uma velha incipiente. Por isso tudo é tão complicado.

— Ah, será que eu sou uma adolescente incipiente também? Por que é tão difícil assim?

— A pobreza incipiente também deve ser difícil.

— Pobreza incipiente?

— A pobreza incipiente do primeiro escalão.

— Ah.

Ficamos em silêncio, apenas olhando para o céu noturno.

— Surim, eu tô ficando mais inteligente. Quer que eu faça um *quiz* com você?

— Quero.

— Em "o tempo flui bem como um rio", o "bem" é um advérbio de modo.

— Uau... Você decorou tudo isso?

— Ei, ainda não terminei. É um *quiz*, lembra? Em "bem branco como a neve", o "bem" é o quê?

— Um advérbio de intensidade.

— Ah, então você entende?

— Entendo mais ou menos, pelo menos fico na média.

— E, Surim, sabe de uma coisa?

— Vai me fazer outro *quiz*?

— Não. Um rio e a neve são feitos de água, né? Então, água obviamente deveria ser um advérbio.

— Ai, ai.

Apertei com força a mão da minha adorável senhora incipiente.

— Senhora Sunrye, sabe de uma coisa? Quando eu tiver filhos, quero criá-los para que se sintam felizes por estarem vivos.

— Por quê?

— Porque, quando alguém sente alegria por ter nascido, viver se torna algo gratificante. Eles não vão se contentar com uma satisfação desconfortável e inquietante, e buscarão a verdadeira felicidade. Como estou fazendo agora.

Alguém bateu forte na porta do 201.
— Quem será a essa hora da madrugada?
Minha mãe acendeu a luz, e abri os olhos com dificuldade. Eram 5h50 da manhã.
— Quem é? — perguntou minha mãe.
— Surim, venha logo! É a Sunrye!
Ao ouvir "Sunrye", tive um mau pressentimento. Alguma coisa ruim havia acontecido com a sra. Sunrye. Corri para a porta e a abri rapidamente. Era a sra. Youngsun.
— A sra. Sunrye escorregou na cobertura. O Doutor está trazendo ela. Vou tirar o carro. Vem logo! Ela está machucada e falando tudo em "sunryenês". Precisamos de um tradutor.
Minha mente ficou em branco. A sra. Sunrye estava machucada. Troquei de roupa e calcei os sapatos com pressa. Corri até o estacionamento. O Doutor estava em frente ao Matiz verde, carregando a sra. Sunrye nos braços.
— Senhora Sunrye, o que aconteceu?

— Ah… chuva… não vi… voei… cravo-amarelo. Smart ligada. Apólice. Sapatos.

E com isso entendi que a sra. Sunrye escorregou na água da chuva enquanto ia ver como estavam os cravos-amarelos. Ela não desligou a Smart TV. A apólice de seguro estava no armário dos sapatos.

— Não precisamos da apólice agora. Vamos direto pro hospital.

Entrei primeiro no Matiz e firmei a sra. Sunrye enquanto o Doutor a colocava no carro.

— Doutor, sente-se na frente. Vamos logo! — exclamou a sra. Youngsun, apressando-nos.

Quando estávamos prestes a partir, meu pai entrou na frente do carro e se aproximou do lado do motorista.

— Com licença, não seria melhor nós levarmos a sog… quer dizer, a sra. Sunrye?

— Mas vocês não têm carro — respondeu a sra. Youngsun.

Só então percebi que era a primeira vez em cinco anos, desde que ela se mudou, que eu ouvia a voz da sra. Youngsun. Suas primeiras palavras foram aquelas ditas havia pouco na porta do 201, ainda de madrugada.

— Sim, mas em emergências é sempre melhor chamar uma ambulância — disse meu pai, ainda bloqueando o carro.

— Ela só machucou o tornozelo. Podemos levá-la assim mesmo — disse o Doutor.

— Então eu… eu posso ir no lugar do Doutor e carregá-la. — Meu pai começou a se dirigir ao banco do carona, onde o Doutor estava sentado. — Querida, sente-se no banco de trás também. Não podemos mandar só uma criança, tem que ir um adulto junto.

— Certo.

Minha mãe tentou abrir a porta do lado onde eu estava.

— Ah, pelo amor de Deus! — exclamou a sra. Youngsun, elevando a voz. Ela abriu todas as janelas. — É urgente. Saiam da frente!

Meus pais recuaram, hesitantes, e o Matiz arrancou em alta velocidade rumo ao pronto-socorro.

— Surim, aconteceu mais alguma coisa na sua casa? — perguntou o Doutor.

— O que mais poderia ter acontecido?

— Não, é que tem algo estranho. Seu pai começou a se curvar para me cumprimentar do nada, e até disse que ia trabalhar num depósito de encomendas. E sua mãe... parece outra pessoa.

Meu coração ficou acelerado. Eu estava preocupada tanto com a sra. Sunrye quanto com a possibilidade de nosso plano ser descoberto.

Felizmente, a sra. Sunrye não sofreu uma fratura. Foi uma distensão nos ligamentos, e precisou voltar para casa apenas com uma tala. Ela logo percebeu que eu e o casal Gildong havíamos tramado algo e, em vez de confrontar a verdadeira "mestra", Hong Gildong, ela convenceu o sr. Gildong a contar tudo. No final, eu e a sra. Gildong levamos uma bronca monumental.

— Mas, Sunrye, a mãe da Surim... sabe, no começo ela só queria impressionar você e estava de olho na Casa Sunrye, mas acho que realmente mudou. Surim, ela não tem sido boa com você também?

— Tem, sim.

Como cúmplice, eu não tinha escolha senão apoiar a sra. Gildong.

— Tá vendo? Agora ela até se dá bem com a Surim.

A sra. Gildong estava certa. Não sabia dizer sobre meu pai, mas minha mãe estava, pouco a pouco, se adaptando ao mundo fora da "estufa", como a sra. Sunrye desejava.

— Ainda assim, foi errado. Por mais imaturos e descuidados que eles tenham sido, vocês não deveriam ter agido assim. Não é certo tratar as pessoas desse jeito.

Ficamos sem palavras. No dia seguinte, eu e minha mãe fomos visitar a sra. Sunrye no 402, e, enquanto preparava algumas comidinhas, a sra. Sunrye tocou no assunto de "herança" de maneira sutil.

— Mãe da Surim, sabe por quanto comprei este prédio há trinta anos?

— *Hã?*

— Naquela época, como *sesinsa,* eu ganhava o dobro do salário de um professor do ensino fundamental. Fui guardando metade desse dinheiro por dez anos e comprei esta casa.

— Ah, nossa...

— Hoje em dia, se alguém juntasse o salário de um professor durante dez anos, será que conseguiria alugar um apartamento deste tamanho?

— Ah, acho que sim… — comentou minha mãe. Ela engoliu em seco, claramente desconfortável.

— Não me sinto bem com isso. Não queria ganhar dinheiro desse jeito, e é por isso mesmo que não cobro aluguéis altos.

— Entendi, você é bem generosa.

— Tenho uma história complicada com meu filho, que abriu mão de herdar esta casa.

— Que tipo de… história?

— Ah, ele ficou com toda a herança do pai, mas aquele dinheiro era sujo. O meu antigo marido ganhou tudo de forma ilegal, e foi por isso que me divorciei.

— Ah…

Minha mãe parecia se esforçar ao máximo para não demonstrar o que estava sentindo.

— Então, esse lugar não vai para o meu filho. Quando eu morrer, ela será destinada a um lugar sem fronteiras.

— Sim, fez bem. Eu também estou cansada de fronteiras, limites… dessas divisões entre normal e anormal.

— Não é? No fim das contas, parece que somos bem parecidas.

— Pois é. Depois que vim morar aqui, passei a pensar assim também — disse minha mãe, com a voz trêmula.

— Por isso escrevi um testamento. Está tudo dentro da legalidade.

Agora, tudo na minha mãe tremia: os lábios, os braços, o queixo…

— Mãe da Surim, doei tudo para um lugar sem fronteiras: a ONG Médicos Sem Fronteiras.

— O quê?

— A organização não governamental Médicos Sem Fronteiras é a minha herdeira.

Não tive coragem de encarar minha mãe.

— Fiz bem, não fiz?

— Sim! Fez bem! — falei.

— Ah, Surim, também tenho algo pra te dar.

A sra. Sunrye se levantou devagar, foi até a gaveta e pegou algo embrulhado em um pequeno saquinho de pano.

— Quando morrer, vou deixar isso pra Surim. Sei que ela quer muito.

Minha mãe abriu o saquinho com as mãos trêmulas e encontrou uma trena dentro. A que a sra. Sunrye tanto gostava.

— A Surim tinha pedido pra herdar isso. A Jinha implorou pra ficar com ela, mas eu disse que não. Quero dar para a nossa Surim.

O rosto da minha mãe se desfez em uma expressão de humilhação e incredulidade. Eu, no entanto, não senti nem um pingo de satisfação. A sra. Sunrye estava certa: por mais "sem-noção" que minha mãe fosse, ainda precisava tratá-la com dignidade. Afinal, eu era uma peregrina na jornada da minha vida, não apenas uma turista de passagem.

Faz mais de dois meses desde que nos mudamos. Minha mãe não odiava a "Médicos Sem Fronteiras" tanto quanto odiava o "sol". E, embora tenha descoberto que eu herdaria apenas uma trena, e não a Casa Sunrye, não me tratou mal abertamente. Por um tempo, ficou mais calada e continuou trabalhando de madrugada na lanchonete.

Meu pai voltou a ser como antes. Também descobriu que o Doutor estudou na mesma faculdade que ele, mas não tentava mais imitá-lo. Também não cumprimentava mais as pessoas da Casa Sunrye. Continuava sonhando em se tornar professor titular e esperando a visita da minha segunda tia. Com o dinheiro do Programa de Apoio a Professores Temporários, pagou as dívidas do cartão de crédito e as mensalidades atrasadas do cursinho da minha irmã. No entanto, ainda não pagou o depósito de um milhão de won para a sra. Sunrye.

Oh Mirim ainda fica desolada com o cheiro barato da lavagem a seco na lavanderia Seomin. Diz que aquele aroma não tem a "concentração de felicidade" que ela deseja. Sua aspiração para o futuro agora é ainda mais específica: "Passar a casa dos vinte morando no Wonder Grandium, vestindo roupas com o cheiro da lavanderia Grandium e indo trabalhar de BMW Mini todos os dias".

A sra. Youngsun voltou a apenas inclinar a cabeça em cumprimento ao cruzar conosco. Agora, aquela madrugada no hospital parecia apenas um momento encantado, e a magia já se dissipara.

Jinha desistiu de suas pequenas vinganças. E eu me senti culpada por tê-la enganado junto com o Byoungha, por isso acabei confessando que ele mentiu pela paz na Casa Sunrye.

— Era mentira, então?

Jinha inclinou a cabeça, confusa.

— Isso, aquela história de "se ainda estivermos solteiros aos 30 anos, blá, blá, blá", era tudo mentira. O Byoungha me mandou mensagem dizendo que ia inventar isso pra manter a paz na Casa Sunrye.

— Ai, Oh Surim...

— O quê?

— Às vezes você é muito tapada.

— Por quê?

— A única mentira foi que sua mãe teria dito pro Byoungha que ele era bem-afeiçoado. Ele inventou isso só pra contar pra minha mãe.

— *Hã?* — Fiquei atônita. — E o resto?

— Não eram mentiras.

Continuei trabalhando aos sábados e domingos e ganhando setenta mil won por semana. Pensei em reservar parte do salário para ajudar minha mãe nas despesas, mas a sra. Gildong me impediu.

— Guarde esse dinheiro. É seu.

— O quê?

— Guarde o dinheiro que ganhou. Use nas férias para fazer um cursinho ou para quando decidir sair de casa. Mas, de jeito nenhum, dê para a sua mãe.

— Por quê?

— Ela vai usar pra pagar as aulas particulares da sua irmã. Você vai acabar se sentindo injustiçada. Tome cuidado.

A sra. Gildong estava certa. Assim que minha mãe descobriu que eu estava juntando dinheiro, veio pedir um pouco emprestado.

— Pra quê?

— Sendo sincera, a Mirim precisa muito fazer aula particular de matemática. E, sendo ainda mais sincera, não temos dinheiro pra pagar. Aqueles golpistas da energia solar! Ah, como meu pai foi burro! Devia ter confiado o dinheiro a mim.

Minha mãe não deveria ter sido tão sincera. Se tivesse mentido, dizendo que usaria para as despesas da casa, eu provavelmente teria emprestado sem questionar. Graças a sua sinceridade, fiquei furiosa e quase peguei a caderneta do vovô para jogar na cara dela tudo o que ele fez... mas desisti. Eu com certeza me arrependeria de revelar todas as minhas cartas no calor do momento. Então, confiei o dinheiro que tinha juntado à sra. Sunrye.

— Depositei na sua conta — disse a sra. Sunrye.

Ela estava assistindo a *Kim's Convenience*. Começou a acompanhar a série não faz muito tempo, depois de maratonar *Anne with an E* três vezes.

— Minha conta? Que conta é essa?

Meu patrimônio total era de cerca de 550 mil won. Era a soma do dinheiro que minha tia me deu de presente e do que sobrou do meu salário depois de pagar as despesas e comprar livros didáticos.

— A sua, ué.

— Como assim?

— Ao longo dos anos, juntei todo o dinheiro que os visitantes da nossa casa te deram de presente, assim como a mesada que recebia. É uma boa quantia.

Fiquei chocada. Não existia nenhum "segredo sobre meu nascimento", como nas histórias clichês, mas eu tinha um patrimônio sobre o qual nem fazia ideia.

— Quanto?

— Uns três milhões de won.

— Uau.

Eu tinha três milhões de won. O patrimônio total do primeiro escalão estava em mais de três milhões de won negativos. Isso significava que, tecnicamente, eu possuía seis vezes mais patrimônio que eles.

— Está surpresa?

— Muito.

— Come um pouco de batata-doce.

— Tá.

No outono, a Casa Sunrye recebia caixas de batatas-doces e sacos de arroz, tudo enviado por um remetente identificado como "Hong Gildong". Isso já acontecia antes mesmo da sra. Gildong decidir ser chamada assim. Quando via as embalagens com o nome, a sra. Sunrye as abria. As batatas-doces eram deliciosas.

— Senhora Sunrye, esse Hong Gildong é a Hong Gildong que conhecemos?

— Não. Quando é para envios, ela usa o nome verdadeiro, Lee Gunja.

— Então quem é esse Hong Gildong?

— Alguém se passando por Hong Gildong.

— Caramba.

As batatas-doces do Hong Gildong eram grandes, mas fáceis de comer, pois não tinham aquelas fibras duras que costumavam incomodar.

— Por que este ano as batatas-doces do Hong Gildong não estão na cobertura?

— Ah, fiquei com medo da sua família comer tudo.

— Mas por quê? Você ainda deixa os pacotes de miojo lá.

— É que essas batatas são meio especiais. O primeiro escalão não pode descobrir quem é esse Hong Gildong.

— E quem é?

— Sua tia mais velha.

Foi então que descobri: minha tia mais velha enviava batatas-doces todos os anos desde que a sra. Sunrye começou a me criar. E, após cada colheita, enviava também vinte quilos de arroz. A pedido da tia, a identidade de Hong Gildong deveria ser mantida em segredo dos meus pais.

— Você tem noção do peso de uma caixa de batatas-doces? Dizem que ela ainda carrega trinta maços de nabo selvagem equilibrados na cabeça!

— Quem?

— A mãe da poeta.

— Ah, não muda de assunto. O que mais você está escondendo de mim? Por que tantos segredos?

— Quer que eu leia o poema pra você?

— Ah, deixa o poema pra lá. Me conta logo o que mais você tá escondendo.

— Surim, não dizer certas coisas também é amor. Aceite o meu amor.

A sra. Sunrye me ofereceu uma batata-doce. A frase "não dizer certas coisas também é amor" acertou em cheio meu coração. Peguei a batata-doce e decidi não perguntar mais nada. Eu me sentei ao lado dela e assistimos juntas a *Kim's Convenience*. Depois, a sra. Sunrye pegou discretamente o livro de língua coreana e começou a recitar um poema:

"Como bolas que saltam mesmo ao cair"
Jeong Hyun-jong

Sim, devemos viver,
você e eu, como bolas
que saltam mesmo ao cair.

Devemos viver,
como esferas que não conhecem a queda,
como príncipes
do reino da elasticidade.

Flutuemos com leveza,
sempre prontos para nos mover,
como bolas, bem redondas.

Sim, esta é a forma ideal,
tal qual a sua é agora:
uma bola que, mesmo ao cair,
ressurge, sem jamais desabar.

— Surim.
— O que foi?
— Este poema é como a minha vida.
— Sei.
— Leia este poema. Assim, será como se eu tivesse te contado tudo.

Essa fala da sra. Sunrye foi tão enigmática quanto o próprio poema. As batatas-doces, a *Kim's Convenience* e o poema... nunca esqueceria aquele momento.

Byoungha começou a praticar cortes de cabelo — aparar franjas e pontas duplas. Eu, a sra. Jo, a sra. Gildong, o sr. Gildong e a sra. Sunrye servimos como cobaias. Jinha, no entanto, se recusou até o fim. Para nossa surpresa, ele era muito bom naquilo. Até minha mãe ficou impressionada com o talento de Byoungha, especialmente pelo quanto poderia economizar com cortes. Por isso, acabou pedindo que ele cortasse o cabelo dela também.

— Vai, mãe, não custa nada… Só diga na frente da sra. Jo que ele tem uma boa aparência, só uma vez — supliquei para ela.

Então, minha mãe foi lá e disse para a sra. Jo:

— Seu filho é muito talentoso e simpático.

Byoungha parou de cortar o cabelo por um instante, surpreso.

No dia 11 de outubro de 2019, Abiy Ahmed Ali, primeiro-ministro da Etiópia, ganhou o Prêmio Nobel da Paz. Jinha e a sra. Sunrye, que esperavam que Greta Thunberg fosse premiada, ficaram decepcionadas. E, naquele mesmo dia, meus pais tiveram a primeira briga em dezessete anos de casamento.

— Ei, Oh Mintaek. Se você largar as meias em qualquer lugar de novo, juro que não vou mais lavar!

— O quê? Desde quando você fala comigo nesse *tom*? Esqueceu o respeito entre nós?

Oh Mirim começou a chorar baixinho, dizendo que brigas como aquela a deixavam emocionalmente instável e incapaz de estudar. Mesmo assim, meus pais não pararam de discutir. Era uma sensação nova. Pela primeira vez, eles estavam brigando entre si, atacando um ao outro, em vez de colocar a culpa em terceiros. Essa tensão estranha na nossa casa, algo nunca visto antes, era como encontrar a ponta de uma trena perdida por dezessete anos. Fiquei tão emocionada que chorei de alegria.

Palavras da autora

Minha avó se chamava Seongun. "Seon" significa transcendência (em *hanja* 仙) e "Gun" significa rei, majestade (君). Um nome grandioso e impressionante.

Meu nome é Eun-sil. "Eun" significa colina (垠) e "Sil" significa fruto (實). Eu odiava quando as pessoas perguntavam: "Quer dizer que o nome da sua irmã é Geumsil?".*
A minha irmã se chama Eungyeong. Eu não gostava de como meu nome, já antiquado, fazia as pessoas se lembrarem de Geumsil. Uma vez, reclamei disso com minha avó. Lembro dela me repreendendo enquanto dizia: "Esse nome

---

* Geumsil (금실): nome tradicional coreano que simboliza riqueza e prosperidade. Nos últimos anos, é considerado por muitos como antiquado, típico de gerações passadas e associado a áreas rurais, evocando uma sensação de nostalgia. Na tradição coreana, é comum que irmãos compartilhem um caractere em seus nomes (padrão *dollimja* — 돌림자), o que explica por que muitos presumiam que, sendo o nome da autora Eun-sil, o da sua irmã poderia ser Geumsil. [N.T.]

foi escolhido por um especialista, e nós pagamos por ele, mesmo sendo pobres!".

De acordo com meu *saju**, meu destino trazia a "bênção de ser reconhecida" e o "risco de vida curta". O nome Eun-sil foi escolhido por um especialista em nomes para reduzir esse risco. Mesmo não gostando muito desse nome, tenho vivido com ele há 48 anos, sem usar nenhum pseudônimo. Não porque acredito em *saju,* mas porque ele carrega o desejo dos meus pais de que eu viva uma vida longa e saudável.

Quando entrei no ensino fundamental, toda a minha família se tornou cristã. A transcendência e a majestade de "Seongun" pareciam se encaixar perfeitamente ao conceito de "peregrino" que aprendemos na igreja: alguém que renuncia aos desejos terrenos e sonha com um mundo superior.

Mas minha avó não era muito como uma "peregrina". No mercado, quando ela negociava preços ou pegava *siraegi* — talos de nabo ou acelga para sopa — de graça, eu me escondia atrás das pilastras. Achava que a verdura caída no chão parecia lixo,** e morria de vergonha da deselegância da minha avó.

---

* *Saju* (사주): literalmente "quatro pilares" (*sa*, 四: quatro; *ju*, 柱: pilar), é uma prática tradicional coreana de adivinhação baseada na astrologia chinesa. Os quatro pilares de uma pessoa — ano, mês, dia e hora de nascimento — são usados para calcular destino, traços de personalidade e compatibilidade. Consultado em momentos importantes, como casamentos e abertura de negócios, o *saju* também é utilizado para escolher nomes auspiciosos que trarão equilíbrio e sorte ao indivíduo. [N.T.]
** As palavras coreanas *siraegi* (시래기) e *sseuregi* (쓰레기, lixo) possuem uma sonoridade semelhante, o que contribuiu para a percepção infantil da autora de que as verduras, ainda mais quando caídas no chão, eram como lixo. [N.T.]

— Não tem como parar de pegar esses *siraegi* do chão? — perguntei uma vez.

— Sua pestinha! Você é a que mais come isso! — respondeu ela, furiosa.

Lembro-me bem dessa bronca.

Mas havia momentos em que minha avó parecia de fato um ser transcendente, como quando cantava "Para um Lugar Mais Alto"*.

"Mesmo estando onde há sofrimento e pecado… Embora eu viva aqui… Eu olho todos os dias… Para aquele lugar brilhante e elevado."

Minha avó não era a única. As senhoras da vizinhança, que torciam os pescoços de galinhas e seguravam cabeças de cachorro chamuscadas com as mãos nuas para fazer *boshintang*, também, por um breve momento, tinham rostos que sonhavam com "aquele lugar brilhante e elevado". Enquanto uma equilibrava jarros de água na cabeça, outra carregava um bebê nas costas com os pés rachados de tanto caminhar, e ainda outra transportava sacos de *siraegi*. Todas essas imagens das histórias que ouvi delas se entrelaçavam como um fio contínuo, transformando-as em verdadeiras peregrinas rumo à transcendência.

---

* Para um Lugar Mais Alto (저 높은 곳을 향하여): hino cristão coreano popular que simboliza a busca por transcendência espiritual e a superação de desafios terrenos. Muito usado em cerimônias religiosas, o hino expressa o desejo de alcançar um estado espiritual elevado, refletindo valores centrais da cultura cristã coreana. [N.T.]

Agora, sinto saudade dessas senhoras que já partiram para "aquele lugar brilhante e elevado". Quando enfrento grandes ou pequenas dificuldades, quando o sono não vem, ou enquanto lavo a louça distraída... canto o hino dos peregrinos, assim como elas faziam.

Em encontros com leitores, frequentemente me perguntam: "Entre os nomes dos personagens que você criou, qual é o seu favorito?". Nunca conseguia apontar um "nome favorito" antes. Mas, agora, posso: é "Kim Sunrye". Admiro a liberdade que o nome "Sunrye" (peregrino) carrega. É um nome que enxerga as dificuldades da vida mais como "experiências" do que como "fracassos", que não exige uma luta desesperada por riqueza ou fama, que, mesmo em um lugar cheio de "sofrimento e pecado", é capaz de olhar para "aquele lugar brilhante e elevado". Sunrye é um nome belo.

Em 2020, um ano marcado pelas dificuldades causadas pelo coronavírus, usei o nome "Sunrye", que guardei por tanto tempo, para escrever *A casa de peregrinações*. Sinto muito pelos jovens peregrinos, que enfrentam dificuldades neste planeta tão destruído pelas gerações anteriores. A maneira como muitos adultos tentam classificar as pessoas com base no preço ou no status das casas em que vivem é tão vergonhosa que me faz querer cobrir os olhos e os ouvidos de todos eles.

Gostaria que *A casa de peregrinações* fosse como um albergue para esses jovens. Um refúgio, como uma pequena vila no Caminho de Santiago, onde corpos e mentes cansados possam encontrar descanso. Se minha obra puder ser lembrada assim, eu não poderia estar mais feliz.

Publiquei meu primeiro livro aos 32 anos, e, sem perceber, já se passaram dezesseis anos — o tempo de vida da Surim. Às vezes, ao olhar pela janela, imagino o quanto os leitores que conheci nesse tempo cresceram. Surim é uma personagem que criei pensando neles. Agradeço aos meus jovens companheiros peregrinos, que, como a Surim, me mostraram sua força e coragem.

Yoo Eun-sil

MINHAS IMPRESSÕES

Início da leitura: ____ /____ /____

Término da leitura: ____ /____ /____

Citação (ou página) favorita:

Personagem favorito: _____

Nota: ☆☆☆☆☆ ♡

O que achei do livro?

Este livro impresso pela Vozes, em 2025, para a Editora Pitaya, fez o editorial querer visitar o terraço da Casa Sunrye e comer os kimbaps que a Oh Surim faz errado. O papel do miolo é avena 80g/m², e o da capa é cartão 250g/m².